「散文集」

行

ㄒㄧㄥˊ ㄏㄤˊ

陳伯軒 著

其實我是多麼地希望，能夠就這樣一直走下去。

——〈行〉

顫動與靈犀

我是先愛上讀散文，才開始寫散文；是先喜歡寫散文，才開始研究散文的。研究散文之後，卻有好長好長的一段時間，沒有辦法下筆再寫些什麼。

散文的吸引力，對我來說，傳達了創作者的生活面貌。無論是興趣嗜好或是生命情調，我在閱讀的不是一篇又一篇的文字，而是各種的生活樣態。那也許構不上系統或模式，但總在細細瑣瑣中，我尋找自己嚮往的情致。後來，我也想把生活的思感見聞記錄下來，分享給周遭的朋友。於是開始試著一點一點地書寫，也許那份初心便是如此地簡單，並沒有什麼負擔。只是漸漸開始意識到創作時，好像就沒能那麼真誠地面對自己。直到轉而研究與評論現代散文，那似乎是一條與創作相互悖離的道路，面對一篇作品時，心志紛雜，似乎再也無法找回最初的那份顫動。

是顫動，沒錯。我是到了研究所畢業，入伍服役，經過了小小的周折，離開了文學創作文學研究甚至是文學閱讀的環境後，重新感受這一切才發現，研究與創作之所以產生衝突與撞擊，那是因為這兩者的顫動頻率並不相同。過去的我太過粗疏，以為創作是講求突如其來的創意及靈感，那片刻的天才，藉我的心思寫出了某些篇章。創作的天份對一個人來說當然極為重要，缺乏了天份，便註定失去關鍵性的質感。但，現在的我卻深深感受到，還有一大部分並不仰賴於靈感的湧現。創作或研究，在我看到都是身體震動的一種狀態，只可惜在碩士班期間，我太習慣於學術研究情境之下的身體狀態，以至於沒有足夠的時間與空間慢慢地調整為創作的頻率。而短短兩三年的時間，我非常沮喪，認為那曾經在寫作上能夠獲得的自在與喜悅，已杳然遠去，不堪覓尋，我以為我失去了這一切。

直到入伍，我成為基層連隊的阿兵哥。身邊圍繞著，無論是長官或是同袍，絕大多數都是與文學絕緣的人。無論是性情氣質或生活經歷，那都是一個與過往經驗格格不入的地方。然而，在那個地方，當我被迫放下我對文學的一切認識的時候，其實，整個身體顫抖的頻率已慢慢地微調了。

我試著在官樣的文章中寫出點不一樣的東西，一字一字的捕捉，一句一句地鋪述。那些文字至今讀來根本不值一哂，但對我來說，那無疑是重新點燃我創作動力的一個過程。尤其當我在夜深就寢時，還能聽到連上弟兄背誦著夐虹的〈記得〉或元稹的〈遣悲懷〉；當他們能不畏艱難地向我詢問一句成語的用法或一個字詞的解釋；當他們由我口頭或書面的引介而願意翻讀一本別具意義的好書；當他們看著我心情跌宕時寫下的手記而同感抑鬱時……。面對散文，無論閱讀研究或是創作，至此我才想起來——我寫作，是為了與朋友分享我的生活。

這才是初衷。

順此，整理十年來創作的文章，能否再次喚起那熟悉的震顫，成了篩選文章的準繩。有些文章寫個數千字，儘管發表時得到了一些回響，現在讀來覺得到底事不關己；而有些文章寥寥數百，或是未能有機會先行在報章雜誌發表，卻在每次翻讀時，頻頻引領我回到當下的情境，遂不忍割捨了。

十年荏苒，畢竟也不短。常常不斷自問的是，我懂事了嗎？總覺得，我越來越懂的是人情世故，無論出自於滿腔無奈或冷眼旁觀，透視的眼光似乎都能夠成為下一篇書寫的題材。然而，如果好的文章必須來自於人世的掙扎，究竟是值得慶幸的事情嗎？

多年前的一晚，我參加學術研討會過後，為了趕赴約會，搭乘一輛完全陌生的公車，當時除了我沒有任何乘客。陌生的路線繚繞著我的視線，再三與朋友確認目的地。就在此時，司機突然開口：「我可以請教你一個問題嗎？你覺得人生的意義是什麼？」

我很快地收拾驚訝並且打量著司機，一位四十多歲的男子，怎麼會如此冒昧地詢問這樣的問題？當時我沒有多作思考便回答了。我是怎麼回答的呢？現在竟然覺得有點模糊。但若略想當年的情境，大概會告訴他：不要問人生的意義，因為所有的意義都是需要被創造的。

那位司機，究竟遭遇了怎樣的困難？他難道不知道，以我當時的二十年紀，所謂的生命或人生，無疑是個難以扛架的巨大的問號。

所以，當年的瀟灑不保證現在的明朗。我仍然在世情網絡中崎路徬徨，而荒疏了創作，便堵塞了情緒的流動，我總看到了些，聽到了些，想到了些……，但是我該怎麼書寫？倘若軍旅生涯，那個被許多人視為與文學絕緣的地方，果真能夠重新調整我的節奏與震幅；那麼我能不能於重新省閱過往的篇章時，也將它視為另外一種形式的割捨與放下？

這麼多年了，我再也沒有搭乘過那路公車，自然也沒能再遇見那位司機。那短短的路程，他索問意義，索問價值，索問這世道所彰顯的模糊與曖昧中，還彷彿存留的那所謂的「愛」。這些問題，再過十年問我，大概也不會有篤定的答案。但是至少，至少我終於明白，若是誠懇地面對自己的困難，並理解他人的處境時，這一切的質疑，是不分性別、年齡、身分、地位……，真正的差別只在於那一點初心，是否正熠熠光亮。

哪怕和靈犀相遇的片刻，十年青春，與我背道而馳。

——發表於《青年日報・青年副刊》，二〇一〇年四月十一日

目次

輯二

輯三

輯四

彳亍

「我們」，其實是個多麼值得驕傲的詞。有點霸道，更多的是親暱。那代表了在某個劃定的領域中，我們相知相守。我們，是同一國的。

輯一

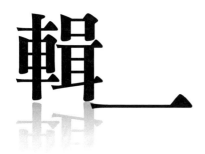

起床歌

音樂響起的時候，就代表該起床了。

剛進入宿舍的第一天，就聽到廣播系統播放著流行音樂，在暑氣未過的九月，一進入宿舍頓時有股陰冷的感覺，大概這是個陽光不到的地方吧。我找到了二〇三寢，怯怯地走進去，只有一位屏東來的室友已經先行進駐，草草認識後，我趕緊安置行李，打理雜務，熱絡的音樂仍然響著，似乎不見有誰搭理，我不去計較，久了也忘了音樂什麼時候停的。陸續其他的室友接著搬入，大家熱烈招呼認識，也忙進忙出添購生活用品，一直等待了天黑興奮躁動的情緒才逐漸冷卻。晚上大家窩在分配到的自習室閒聊，突然聽到一聲哨音「嗶——」「集合！」我們幾個小高一搞不清楚狀況，只得跟出去瞧瞧，然後在學長的指導下就定位集合，接著教官談了一大堆住宿的生活紀律：早上六點起床，六點二十集合，然後打掃，七點用早餐，七點半前全部的人都必須離開宿舍……。第一次面對這樣規律嚴謹的生活並沒有太多的恐慌或緊張，唯一不習慣的是，六點起床喔，太早了吧。

每個寢室選出一位室長，室長的工作必須早上六點準時播放音樂，並且早晚集合所有的人，負責點名。依規定，整棟宿舍該在六點的時候隨著音樂甦醒，進行盥洗，然後六點二十吹哨集合。我想，在音樂聲中起床，應該是一件很特別的事情吧。

我很快就習慣了宿舍的生活規則，久而久之，我早上聽到音樂也就趕緊起床，日子就在音樂聲中流轉，不管是晴雨暖寒，在團體生活中總是得依規定進行。也漸漸發現，放音樂的工作似乎並不那麼枯燥無聊。每次輪到我們這寢執勤時，大家總是喜歡討論明天該放什麼音樂，於是不同的品味隨著紛紛擾擾的意見就交織成最自然的歌曲，一個不小心分貝過高，還會吵醒已然熟睡的教官，招來一陣訓斥。對於這樣的討論，我通常保持沉默，原因固然是因為自己並沒有什麼特愛的音樂，另一方面我已觀察到，藉由這樣例行的工作，產生了一種分享音樂以及展現個人音樂品味的默契，而我對音樂的接觸太過於貧乏，很難展現出什麼讓人嘖嘖稱讚的風格。

終於有機會可以讓我試試看，卻已經是二年級上學期的事情了，室長告假回家，請我隔日替他播放起床歌，我高興地想著到底該放什麼音樂呢？就開始翻遍了抽屜……。

清晨我很快起床盥洗完畢，拿著同學的隨身聽，到執勤室確定時間之後，我按下了play，頓時整個宿舍洋溢著孟德爾頌和柴可夫斯基的協奏曲，我滿意地回到自修室隨意翻翻書，想著，讓大家在古典音樂中漸漸甦醒，該有多好呀。當時我竟然沒有注意到宿舍比平常起床的時候安靜許多，仍然志得意滿看著自己的書，六點二十分，我關掉音樂，拿著哨子用力吹，然後大喊「集合」，突然間整棟宿舍一片騷動，過了一陣子像爆炸一樣竄出許多人影，大家紛紛衝向一樓中庭準備集合，集合完畢已經比往常的時間耽誤了許久，每個人都仍然是睡眼惺忪、衣衫不整，連教官都摸不清楚狀況。我才發現，我一派天真地播放自以為高尚的古典音樂，卻完全沒有達到喚醒大家的目的，教官一出來劈頭就問：「是誰放的音樂？」

我氣餒地把兩片CD塞回抽屜，隔天這兩片CD就遭竊了，宿舍的人太多太雜，丟失東西時有所聞，但是會把這兩片CD偷走，大概是基於一種生氣的報復心態吧？

當然，這樣的規矩仍然進行著，但是行之既久，真的會隨著每個人的習慣而出現許多狀況外的事情。曾經有一個很糟糕的人，他一大早起床，竟然不播放音樂，就拿著鬧鐘對著廣播系統的麥克風，讓整個宿舍像是失火一樣在鈴聲中喧鬧了二十分鐘，那次大概是整個宿舍清醒最快的一次吧，只怕也是大家最暴躁的一次。還有一種情形，每當某位教官執勤的時候，自己會很勤勞地起床打開廣播，所以我們並不是聽到音樂而起床，而是聽到廣播。對我而言，睡覺時竟然有個龐大的聲音在耳邊喃喃自語，那種怪異也足以影響起床的情緒，尤其一大早才剛起床，就聽到晨間新聞播報著車禍呀、火災呀、自殺呀，常常讓我覺得是不是又作夢了呢。

有時候倒不是執勤工作的同學做了什麼讓我感到怪異的事，反而是自己對音樂的感受問題。太悲傷或太熱鬧的音樂都不太適合早上聽，咬字不清的也不行，荒腔走板的也不行，太大聲會吵，太小聲吵不醒，伴隨著住宿的時間越來越長，我也就越來越和早上的音樂過意不去。如果在寒流來的冬天，聽到脫拉庫唱著：「今年夏天我要去海邊……」，或者在逼近酷暑的期末，聽到范曉萱的「好冷，雪已經積得那麼深……」，我真的會覺得有種時空錯亂的感覺，對這整個早晨倒盡胃口。

以至於後來，索性不去在意早晨的音樂究竟是怎麼一回事，尤其到了考大學的那一年，每天都得埋首書堆，睡眠是多麼奢侈的一件事情呀，而在這樣的情形下，早晨音樂常常消失得無影無蹤，不是忘記播放了，而是我睡得太沉，常常只突然聽到一聲「嗶，集合」，才從床上彈起來，匆匆忙忙穿好制服，幾乎以閉著眼睛的方式衝到中庭集合點名。有一天早晨，學弟來敲門，我們寢室六個人才醒來，學弟轉告教官的話要我們立刻下去報到，才發現已經點名結束，而我們整間寢室竟然沒有人聽到音樂，也沒有人聽到哨子聲和集合的口令。這實在太不可思議了，就在迷迷糊糊中教官先衝上來訓斥了一下，誰也無法提出一個合理的解釋，一定要說，那就是真的太累太想睡。但是大家也都只是應付著教官，畢竟當有六個人同時犯錯的時候，罪惡感總是少很多的。

畢業之後，離開了宿舍也就離開了這樣的生活，我想不起最後一次在宿舍聽到早晨催我起床的音樂是哪首歌、什麼時候、我是否有賴床等問題，這無疑是非常可惜的，也許一輩子都必須空白著具有紀念意義的那一塊。

讓我清醒的音樂卻沒有完全斷絕，搬到三峽之後，和同學一起租了房子，室友的鬧鐘不像一般鬧鐘是單調尖銳的嘈雜，而是一首又一首各國名曲，所以常常在清晨的時候可以聽到從室友的房間傳出音樂聲響，我也知道該是起床的時候了。無奈的是，室友的生活作息與我大不相同，常常會在莫名其妙的時候聽到音樂響起，誇張的是，他並不在房間裏，我試圖想切斷音樂，房門卻深鎖著，所以會有音樂在午後、在傍晚，或在夜半，無邊無際闖入我獨自的空間，熏染所有的空氣。而我也永遠不明白，為何他房裏那個有音樂的鬧鐘，總會在只有我一個人的時候響起。

現在早上起床的時候總是有音樂，不過不再是當初宿舍有人辛勤播放，也不是從室友的鬧鐘跑出來的。我已習慣在晨起的時候，把前晚預先禁錮的音樂釋放出來，讓跳動的音符流入我朦朧的意識中，偶然，會這樣一直聽著聽著，聽到又睡了，睡了又醒了。找不回過去早起的習慣，我很耽溺於這樣有音樂的醒覺，所有的一切都差可彷彿，就少了那一聲「嗶，集合！」

那一首一首音樂，管它什麼風格，都成了我的起床歌。音樂再響起時，哎呀，可不能再賴床了。

——發表於《臺灣日報・副刊》，二〇〇四年七月二十四日

餓食表

也許又是沙啞的晨間新聞報告著凌晨的一場火警，往往損失難以估計，起火的原因警方正在深入調查，不排除是一隻夢遊的老鼠拿電線來磨牙……。也許，又是熱力奔放的重金屬敲打這封閉的空間，聲波反覆迴旋產生不均衡的共鳴，在損傷聽力之前便隨著唱盤跳針而刺破年邁的喇叭……。要不然，極有可能的，是緊鄰的運動公園上演了阿公阿嬤們苦練數年的太極拳、鐵扇功，其高妙之處不在能吵死人於無形之中，而是滑稽且絲毫不劃一的動作竟能搭配青春不老的〈瀟灑走一回〉或〈新鴛鴦蝴蝶夢〉，一節一拍一招一式，天衣處處是縫。總之，蝴蝶夢尚未引領咱悟出震古鑠今的哲理，便跟著一大清早這般多元的音聲不規律地運動著。我們起床、盥洗、換上制服、收拾蚊帳與棉被，一連貫的動作業已熟悉得毫無知覺；這世界，在每個清晨都被我們瞇成扁橢形。

「嗶——，集合！」整棟群英樓的學生立刻將眼睛多睜開一毫厘，以確保爭先恐後下樓點名之安全，沿著樓梯，下樓、迴轉、下樓、迴轉、下樓、迴轉、下樓……，各寢室陸續排列成一行，早晨點名是不同於晚點名時的聒噪熱絡，清晨總是多了一分肅穆而寧靜，尤其面對尚未退駕的周公，我們個個是身負靈質的小乩童，夜夜承蒙他佬的垂憐。忽而，就在那彷彿將醒而未醒的半刻間，因眾人奔走激起的塵埃土灰中飄來了一股甜而不膩的清香。在我眼睛尚未完全睜開之際，聳起雙肩、張開胸膛，深深深呼吸，呀——那是如此鮮紅剔透，令人涎流濯面的草、莓、醬。真是人間哪得幾回聞，古人下馬聞香，而咱下樓聞香或許竟也稱得上雅事一樁？

如果不計算那無法確實辨音的耳朵與又細又長的瞇瞇眼，如此愛睏的大清早，鼻子，往往是第一醒過來的。

一切都符合物競天擇的生存法則。群英樓這個四方對稱的建築物，用不太著有多敏銳雪亮的眼睛，至於聽覺系統早已在每日清晨的起床歌中破壞殆盡，真還保有啥需要聽的，那就是人來人往中的蜚短流長或終日群居之閒話。但是，鼻之為用也大矣，光這大清早，來不及溫習昨夜之夢，地下室的餐點便如一隻輕靈可人的小貓，在點名的行伍之間摩娑舔舐我們的鼻尖，冷不防地一聲「哈啾」，也是帶著笑的。可偏這是難得的特例，是在無可選擇之下不得已的選擇，絕大部分的時候，那不是一隻可人的小貓而是潰爛的豺豹，拖著飢餓且發臭的身軀朝著我們齧食，在晨間延宑朦朧之際，我們躲無可躲避無可避。在群英樓的食堂裏，只有草莓果醬加白吐司才勉強可以是小貓；其餘的，就憑著一顆醒來的鼻子告知我們天國已近，不是我們要吃早餐，而是早餐吞食了我們。

住在群英樓，除了基本的住宿費外，最大的開銷便是要求住宿必定得搭伙。其實伙食費並不昂貴，反而是因為廉價的原因，造就了群英生活中詭譎的飲食。一般是八個人一桌，四菜一湯。如果是夏天，那麼湯品或許會成為狀似愛玉的冰開水，那愛玉的滋味淡乎寡味，一口飲入，味蕾便在那似有若無之間，恍兮忽兮之際，細細尋思愛玉的味道，彷彿有，其實無；終究是因為那鍋冰水泛著類似古籍扉頁之澀黃，以及其中浮動了幾個破碎的透明凍狀物，而使我們運用推理的工夫，在全體毫無異議的情況下，認為這鍋是「檸檬冰糖愛玉水」。愛玉水畢竟端不上檯面，而那被我私自取名為「慘綠蔬菜湯」，也不過是午餐的高麗菜之餘，幾片菜葉拌上熱開水，加鹽加油，只要能夠暖胃，吃得人人面有菜色也無所謂。真正讓我始終摸不著頭緒的，還算是那盤「羅剎勾魂肉片汁」，一眼望去，整盤呈現深褐色的半液態狀，比較突出的在於散滿盤底的紅蘿蔔片，至於肉，一定有，卻是得靠三分實力七分運氣，在整盤勾芡你濃我濃當中瞎攪和，總能挾到兩三片，不過是比蘿蔔片還要瘦小而不禁挾罷了。

基於生存的經驗法則，進駐群英樓沒有多久，大致摸清楚飲食狀況之後，我們便敏銳地發覺白吐司抹果醬是多麼「正常」的食物。通常，在點名時一聞到草莓醬的味道，便會加快我們整理內務的速度。照規定，七點才能開始食用早餐，慢慢就會學著快個五分鐘到十分鐘，原因無他，而是八個大漢與一條吐司，這是種萬萬難成的邏輯。每每總有晚來的室友，望著滿桌的麵包屑而兀自興嘆，其他人才難為情地發現竟然吃過頭，只能拿唯一那片吐司皮伸手，「哪，給你」，只見那人一手接過，硬是抹上了厚厚一層超過比例的草莓醬，心想既然吃不到吐司，可得靠果醬回本了。

群英樓飲食之惡，也有稍微改善之時。每個學期初，學校會邀請住宿同學的班級導師一同前來食用午餐，這一天，每個人的桌上都會多出一顆柑橘或是一根香蕉，彷佛是一場隆重的盛會，單單這一點恩賜，便讓我們的胃如蒙大赦，並且信奉諸多教誨：希望永存人間，要時時保持感恩的心……。我們自然明白，那名為「殷商」的廚師，在這關鍵時刻無論如何得扳回一城，就是不看僧面看佛面，噢，應該是不看生面看師面。這種情況下，誰也不會去戳破廚師天真的謊言，大家只是在眼神的交會中，透露出了戲謔與嘲弄，不便在師長面前放肆。畢竟，一顆橘子能掩蓋什麼？那四菜一湯的組合，只要筷子一挾匙一舀，搬來整山的橘子林也無法加分。因此，老師們總是客客氣氣你推我讓，象徵性扒兩口飯，便走向我們，也許拍拍我的肩膀，或摸摸誰的頭，總不忘意味深長地一笑……。

那笑，就像是說著「好自珍重」般地無奈的祝福。

老師要來之前，我們總會看到廚師非常努力地揮動捕蚊拍。也許群英樓老舊，也許因為地下室潮濕，當然更有可能是整體的環境並不乾淨衛生，總是充滿了蒼蠅。這天中午，我頂著炙熟的天空意興闌珊走回宿舍，迎面衝出一陣室友的歡呼，端著那盤「羅剎勾魂肉片汁」，我不明就裏探望了一下，原來，裏頭發現了八隻蒼蠅，這下可謂罪證確鑿，沒得抵賴；夥伴們當機立斷直衝學務處向教官反應，希望可以藉此取消住宿強迫搭伙的規定。在此之前，我們屢屢反應希望取消住宿需要搭伙的規定，原因當然是其飲食讓人不敢領教，那是任憑沒有味覺的人一眼也看出其中的詭味，更別說於成千上萬的味蕾嗷嗷待哺之時，竟投下這許多色香味各自流浪的惡食；教官自然不懂學生疾苦，反倒振振有詞駁斥：一人一天只花一百元的伙食費，就是圓山大飯店的主廚也變不出啥把戲的。看著我們啞口無言一時語塞，教官的神情自然得意了起來，我們旋即提出取消搭伙，餐飲自理的要求。教官卻又以無明確事實證明餐飲不適為由而拒絕了。但這次，八隻蒼蠅與我們共享午餐，總可以想見飲食衛生之惡劣，嚴重影響用餐的生心理反應。拿出這盤「羅剎勾魂蒼蠅汁」，我們就像是練就了舉世無雙的劍招，氣勢如虹，在我們直奔學務處之時，已然謀畫好事情進行的步驟：先逼教官棄械臣服，再來一招以虎制狼，讓廚師自做自的「殷商」，莫要主導我等的膳食。無奈，枉費我們理直氣壯，卻是初涉江湖，自以為練就一身無可匹敵的劍式，終究不敵教官這般老謀深算的太極拳法，三言二語，四兩撥千金，簡單一句「我會請廚師加強衛生管理。」就逼得我等啞口無言，革命宣告失敗。

「幹！我們要陳情。」

當晚自習室內，年輕氣盛的憤慨熊熊燃燒，就差沒有裸露臂膀口吐檳榔。

既然教官無法處理這檔事，大夥決定將一切和盤托出，陳情給校長。「那，誰要來寫呢？」這問題簡直多問，我的眼光無法看到自己，要不然大概能夠明白其他人一派輕鬆將眼光投射在我身上的感覺了。「這是你證明自己能力的時候」「寫篇像國文課本裏面一樣的那種。」「要為了全宿舍的人謀福利！」

來來來，讀書千日用在一時，隨著室友們的鼓譟，我滿腔不滿立時澎湃得無可遏抑，一心想寫個像〈陳情表〉或〈出師表〉那般擲地有聲的文章。只是真要下筆該怎麼說呢？「Hi，校長您好」？太輕浮了；「我所敬愛的校長」？太諂媚了；「校長先生尊鑑」恐怕是太嚴肅了……。各樣的用詞在我腦中激起化學作用，整個人頓時發脹。又將國文課本拿出來這翻翻那翻翻，看是「先帝創業未半而中道崩殂。今天下三分，益州疲弊，此誠危急存亡之秋也」，或是「臣以險舋，夙遭閔凶。生孩六月，慈父見背。行年四歲，舅奪母志」？前者講的是天下大勢似乎過於嚴重；後面講的是天倫之化，又異常悽涼。不禁使我聯想起古人評說，讀〈出師表〉而不哭的人一定是不忠；讀〈陳情表〉不哭的人一定是不慈。那麼，我就該寫個驚天地、泣鬼神，讓人讀了不得不哭，如果不哭就是……，就是不餓。沒錯，讀了不哭其為人必定不餓，我想著應該寫出那樣只要他懂得什麼是餓就不得不被感動得痛哭流涕的〈餓食表〉。

〈陳情〉、〈出師〉隔著千百年的聲聲喚，使我的瞳孔竭盡力氣睜大又縮小，還不比眼藥水兩滴來得快。那篇本想震昨鑠今〈餓食表〉則因為工程浩大，一時之間尚未完成。

於是，又有沙啞的晨間新聞報告著凌晨的一場火警，往往損失難以估計，起火的原因警方正在深入調查，大概是夢遊的老鼠拿電線來磨牙。我們在晨間延寐朦朧之際，躲無可躲避無可避，頂著一顆醒來的鼻子外加不怕火煉的鐵胃，尋找甜美的白吐司抹草莓醬，一口口啖食未清醒的夢。

——政大九五年度道南文學獎現代散文組・佳作

——收入《道南文學》第二十六輯

阿強一號

為了考量經濟效益或宿舍生活規儀之維護，要洗澡的，請愛用「阿強一號」。

在群英樓的生活，每個人都藏著無形的時鐘，一切按表行動的真理下，連洗澡都淪為發條轉動的小小一環。五點放學，也就是洗澡的時間，疲累一天後所仰望的鍋爐開啟，我們得立刻用完晚餐，趕在六點半鍋爐關閉前儘快盥洗。若是炎夏，熱水還能撐到七點，甚至水熱不熱，也就無所謂了；最怕是寒流來襲，鍋爐才熄了十分鐘，恐怕連對洗澡這檔事的熱情也早已失溫，寧願任由一身汗臭凍結在肌膚深處。如果是社團練習或補習晚歸等狀況，自然沒法子在預定時間內洗澡，教官便會在晚點名之後，重新開啟鍋爐。但這種模式只能說是教官通融，從未收編成為紀律生活的一節，倘若晚歸的人數不多，甚至遇到不通人情的教官，那麼為了考量經濟效益或宿舍生活規儀之維護，要洗澡的，請愛用「阿強一號」。

阿強一號是臺超大型的飲水機，所謂超大型，其實不過半個人高。但是一身鐵白，加上水龍頭扭開便是哄嚨嚨的熱水，不時發出高溫的悶響，倒像銅皮鐵骨的坦克，透顯一種威震八方的霸氣。關於它的身世名稱俱不可考，群英樓之內也未有「阿強二號」之類的飲水機。不過我很能確定的是，身為飲水機的阿強一號，從沒發揮飲水機的功能。這也難怪，無論是泡麵或者沖牛奶，又怎麼可能沒端端地拿這麼大的水龍頭來沖？

會被注意，還是在沒有熱水時，教官一句「請愛用阿強一號」才提醒了大夥。

起初，我們懂得群策群力，向阿強一號討取一盆又一盆的熱水，遞給正在洗澡的同學。有了盆盆的熱水，儘管失去了淋漓的暢快，也總還能融解身上冰凍的汗漬。日子過久了，適應力變強，也就開始自給自足、自力更生，要洗澡的人先裝滿滿一盆熱水，然後逕自盥洗，雖然就只這麼一盆水，我們也總有方法潔淨全身，決不殘留任何泡沫，洗個最經濟實惠的熱水澡。

拿一盆熱水洗澡的舉動，越顯得克難，就越有拿來說嘴的價值。對我而言，除了要當作引人逗趣的話題外，其實並不怎能忍受這種方式。鐵定與每個人對洗澡的認知差距有關，某些室友覺得洗澡不過是為了清潔，管他用什麼方式洗澡，毫無所謂；不過對我來說洗澡是件享受的事情，雖然不至於來場「貴妃出浴」的戲碼，在疲勞的一天之後，能夠有略顯燒燙的熱水傾注而下，那真是一大享受。洗澡不能只是生理上的潔淨，大部分還擔負著安撫心靈的使命，職是之故，也讓我產生了一些沐浴時的「怪癖」。我有種癖好，喜歡看著浴室水氣蒸騰的樣子，那隱隱約約繚繞的蒼白，是深入我心最夢幻的圖騰，隨著水氣的無止蒸騰飛昇，頓時有著身心寧靜暢快的舒坦。這種癖好算是夠迷離，倒也出過幾次糗：浴室一邊是洗衣服的水槽，另一邊隔成了四間淋浴室。在洗澡時，我突發奇想把蓮蓬頭調整到左方，自己卻窩在淋浴間右內側，接著熱水全開，眼見滾燙的水一出，強烈的蒸氣也洶湧而上，整個浴室獨此水氣騰湧，不久聽到其他等候洗澡的人竊竊私語：「怎麼這麼大的煙？」我仍然徜徉於熱水沸騰的世界不覺有異，一個正在淋浴室外面洗衣服的學長，竟被沿著地板流出去的熱水燙著了腳，只聽到他驚恐一聲：「幹，誰洗這麼熱的水？」心一急，我沒敢搭腔，學長摸摸鼻子走了，我便在又羞又愧又想笑的尷尬中，洗了一場熱水澡。

只是，不管我如何將洗澡這事賦予崇高的使命，一旦遇上了阿強一號，那就只能淪為最基本的身體清潔。一個臉盆再大，能裝的水總也有限，任憑技術再怎麼高超，能夠不打著哆嗦洗完澡便已難得，又怎能奢求什麼痛快淋漓，什麼煙霧繚繞？尤其每次拿著漱口杯，一杓杓小心翼翼的舀著臉盆裏的熱水時，真是委曲求全，好幾次心想寧願洗冷水澡。不過對洗冷水澡這事兒，我通常都是「膽顫心寒」，連心都寒，又哪敢洗呢？別說是洗澡，不知道從什麼時候開始慣自己的，連早上起床的盥洗都開始用熱水了。六點起床，只有二十分鐘盥洗著裝，我仍慵懶穿著歪斜的制服，捧著滿是牙膏牙刷毛巾肥皂的臉盆，在阿強一號之前彎下腰來，彷彿是童話故事中的生命之泉，我向它祈求，而它賜予我青春永駐、長命百歲。

一天晚點名時，不知何處傳來尖銳的怒吼，聲音在封閉的宿舍亂竄，形成更大的共鳴。連教官在內的所有人都驚慌得不知道發生什麼事，只聽破敗的笛音越顯刺耳，教官也跟著不耐煩地追問：「是誰搞的鬼？」接著一個學長意會過來，立即衝上二樓，我急忙跟上，只看見阿強一號頂受不住蒸氣的衝撞正劇烈搖晃，並且聽見裏面的熱水洶湧激昂地翻滾聲，我一度懷疑：難道要爆炸了嗎？原來在阿強一號左側有個設定溫度的旋轉閥，上面有清楚的刻度標示溫度，通常都在九十度左右。這天不知道怎麼著，溫度竟然設定到一百二十度，學長因此怒斥：「白痴，水一百度就沸騰也不知道嗎？」當然，從來沒人知道是誰這麼無聊，因為那個誰也從不承認自己的愚蠢。這事雖沒啥大不了，倒也勾起我長久以來的懷疑：阿強一號真的是飲水機嗎？為何上面設計的溫度高達一百二十度？

好吧，就算阿強一號真是臺飲水機，它也創造了無限可能；除了解決洗澡的問題，更多時候還肩負娛樂的效果，甚至，可以拿來作實驗。一個耍寶的學弟，在早上內勤打掃的時候，竟然裝了滿滿一桶熱水，用這樣滾燙的熱水洗拖把。接著將拖把扛在肩上直呼：「快閃，燒唷，燒唷。」看那架在肩上的拖把熱血沸騰的模樣，配合學弟搞笑的神情，真是噱頭十足。搞笑的學弟當然後來接受了「進德教育」，我倒是好奇：用熱水拖地，會比較乾淨嗎？因此當滾燙的熱拖把登場之後，便決意好好研究研究，阿強一號成了我最佳助手。

我的第一個實驗放在洗衣服上。

由於宿舍並沒有洗衣機，用手刷洗衣服之前，通常會把髒衣服裝在盆子裏浸泡一陣子。那次我心血來潮，想試試看用熱水浸泡是否會有不同的效果，於是拿著塞滿髒衣服的盆子就阿強一號裝了熱水，哪料想得到，在我洗完衣服之後，發現制服褲全都皺成一團。偏偏隔天有軍訓課，既沒有熨斗，又借不到其他人的褲子，只好硬著頭皮拖著兩條梅干菜。

蹲下。起立。稍息。立正。向後轉。向左轉。「等一下！」教官的一聲威令，打斷了行進練習。完了，果然還是被發現了，教官令我出列，看著我極度扭曲的褲管，想笑卻又隱忍不發，故作鎮定問道：「怎會皺成這樣？」沒來得及解釋些什麼，同學便開始打量我的褲管，好像發現出土文物一樣新鮮。他們疑惑的舌頭死命勒出我整頭尷尬的熱汗直流：「手洗太用力了嗎？」、「脫水機壞了嗎？」、「為什麼不燙平？」……。

他們永遠難以理解，關乎阿強一號與我僅有的實驗。

——發表於《中華日報・副刊》，二〇〇五年十月八日

黃　惑

每當澄黃色的燈光從中流出，他便在想：「裏面是什麼樣子？」

他按照宿舍的規定，晚自習的時候坐鎮在值勤室中。夏季還沒退燒，積塵多年的值勤室擁擠而促狹地發出陣陣口臭。總覺得渾身不對勁。蚊香嘔出纏綿的灰煙，往上迴旋飄蕩，古怪地催眠著，但他不能睡，臉上、頸間，尤其是小腿，反正全身沒有衣物包裹的地方，總有游絲擦過的感覺，癢癢痛痛，很不乾脆的一種觸碰。課本就擺在桌上，習題永遠停留在同一頁，一大疊計算紙狼狽地跌落。手撐著頭痴呆地看著門口，有人要進宿舍他就起來幫忙開門，那是他唯一能夠站起來活動的時機，真是該死的無聊，最討厭輪到值勤的日子了。

宿舍門口的值勤室，負責掌握大門的開闔，還有一套陳舊的廣播系統，在每個清晨釋放最流行的音符，喚起一條條沉睡的肉體。連接值勤室的則是教官的寢室，寢室的門口是在值勤室內，所有的教官進入寢室一定是得經過值勤室。宿舍每天都由不同的教官輪流駐守，每個教官都有各自的生活習慣，也有著不甚相同的管理標準，唯一不變的，總會發出黃澄澄的光芒。

煙霧兀自瀰漫值勤室，似乎沒有嚇阻任何一隻蚊子。他倒被燻得暈頭轉向，算計著秒針追逐分針的速度。雙眼越來越酸澀，越來越沉，吃飽飯、洗完澡正好該睡一覺的。「睡一下好了，沒關係，一下下就好……。」闔上眼睛，彷彿也要闔上了呼吸，身體就這樣輕輕地，緩緩地溶解，攤在書桌上，累呀。矇朧中，一陣悠悠細細的女聲流了過來，很細很小，感覺很模糊，實際卻很清楚，來不及恢復體力去辨別聲音，尖細的音波激烈劇盪著，舔舐著他的耳垂，擰紅了他的耳朵。伴著那樣的呻吟，一驚醒，整個臉都紅了。

闃黑的夏夜，飄散著蒼白的煙霧，從門縫中滲入了微量的澄黃，加上他發燙的雙頰。或許竟是一幕慘敗的寫生。

按照一貫的規矩，每天仍有不同的學生於晚自習時間坐守在值勤室。一段莫名神秘的經歷，早該被他棄置在無人察覺的角落。寧願失去科學實證的精神，也不想主動去追尋挑逗的聲音如何出現，就當作是躁熱不安的軀殼下，藏著令人羞澀的靈魂。

然而，卻在一次夜談中，從其他人的竊竊私語找到了線索。據說，有人在值勤室留守時，聽到教官寢室洩出不可思議的聲音，彷彿深沉的咖啡攪入乳白的奶精，激發出一種暢意的喘息；那是春日芳叢中，蝶戀蜂狂的奔放，一種淋漓盡致的姿勢。又聽說，當天留守宿舍的教官，與他值勤那天的教官，恰巧是同一人。

他們知道寢室有臺電視，所以也就想當然爾地猜想這位教官在幹什麼。

他聽著大家的紛紛議論，話題在同儕之間迅速勃發，參與討論的人大都有著脹紅的嘲弄與竊喜，似乎一同偷窺了教官的私生活，大家詭異地笑鬧，語調及面容正透露了青春的蠢蠢欲動。他雖是恆常靜默，卻產生龐大的好奇與衝動：「裏面是什麼樣子？」於是開始趁機窺視那一片澄黃的背後，究竟遮掩了什麼玄機。

教官的寢室門口連結著值勤室，窗口則是對著宿舍外的籃球場。他曾試著站在籃球場前想一探究竟，但是外面的場地比宿舍低了半公尺，在宿舍外又繞了一條小溝渠，無論他如何向上掙扎，總是無法進一步探視究竟。唯一能夠確定的，面對窗口是一張書桌，書桌上的檯燈氾濫著澄黃的朦朧，一點著，反而產生一種視線的障蔽，比夜還糟。

黃朦朧中，更多的傳說紛遝接踵而來，有人曾經目睹，夜半的時候，相傳熱戀的男女教官一同進入寢室。然後呢？然後，每個人都用一種詭譎邪疑的笑容代替情節的發展，臉上的肌肉由緊繃重新放鬆的時候，總得補充：女教官一直到早上才出來喔！還說，晚歸的學生沒有熱水澡可洗，女同學可以到教官的寢室借浴。那男生呢？「男生強壯嘛。」陳舊的宿舍開始綻放一朵朵弔詭的笑容，把他的猜忌與好奇撐得滿滿，幾近爆破。

於是他產生了強烈的依戀與執著。那一次，他晚歸卻未事先報備，回到宿舍的時候，夜已深得只剩下腳步的迴響，他被團體的作息排拒在門外，幸好有個未眠的學長發覺，試著想要幫忙開門，卻發現執勤室被教官鎖起來了，唯一開門的方法只有把教官吵醒。當他看懂了玻璃門內的比手畫腳，便踱步到教官寢室的窗邊，用力震動喉嚨，每個音節都在搖動，黑布似的窗口被他喊出了一團黃暈，一瞬間，又潑灑成滿室的暖和。才剛踏進宿舍，教官便從憤恨地從睡夢中衝了出來，用一種雄偉的氣勢斥責，然而他只是靜靜回味著剛剛燈黃渲染的過程，視線在教官每一次的標點中穿梭，企圖直入虛掩的木門，門縫卻編織出一條「禁止跨越」的黃色警戒線，眼神如此徘徊逗留，進不去又不願離開。教官啥時結束教訓已不重要，當他望著教官短褲內衣的背影重回寢室時，心中只有一個疑惑：裏面是什麼樣子？脫下制服的教官，還需要立正和敬禮嗎？

該是溫暖而不燥熱的舒坦，他是隻飛蛾，竭盡心力只為了擁抱泛黃的寢室。在有意無意間，抓取每個眼光能夠滲入的機會，那暖和的色澤，對他產生一種魅惑的力量。

週末的宿舍只有零星的呼吸，失去人氣的建築在炎夜中無力地冒汗。他站在壁燈卑微的光亮中與友攀談，卻有個筆直的身影徐步走來，原來是高教官，僅存無法讓學生製造故事的那一個。高教官加入了可有可無的閒聊，而他卻顯得浮躁不安，封閉的建築像是大型的鍋爐，把聲音蒸發，讓他異常沉默。高教官見狀提議：「乾脆去我的寢室聊，裏面有冷氣。」

什麼？那不是學生勿近的神秘地帶？

關鍵的一刻，誰敢輕視，他立即拋卻眾人的步履，一步步走向教官的寢室，儘管不會有任何人細心察覺他神情的變化，但他仍然顯得小心翼翼，腦海一邊複習曾經勾勒出的圖樣，另一方面也試著安撫自己激動的情緒。他突然覺得自己的重要，曾經費盡思量想要解開謎底，機會就在現在，只要他一手握住冰冷的喇叭鎖，整棟宿舍滿滿的傳說，都逃不出他的汗流的五指山。

如同剪綵的一瞬，充滿象徵性的一扭，門開的那瞬間，頸間被涼爽的冷氣衝擊而過，視線卻是一陣龐大熱烈的輝煌，頓時非常魔幻，彷彿聽到隱藏的女聲優遊繚繞，聽到了相戀的教官低語訴情，聽到了宿舍每個暗角描繪的傳說。為了不知所以然的好奇，他曾有多少旖旎或懸疑的猜想，當他面對這個機會，他該是肅穆莊重的，他，必須虔誠。的確，他本想保持寧靜，但竟像是完成了不可能的任務，興奮地跳上教官的床上，他曾試著爬到面對窗口的桂花樹上，也沒能看到這張床。此時，黃澄澄的燈光就簇擁著他，他一笑，就響起滿室的鼓掌。

裏面是什麼樣子？他四處觀望，原來這間寢室這麼狹小，書桌電視床舖和衣櫃，一間整潔的浴室。就這樣？他像著鑑賞家一樣打量整間寢室，不過如此，又憑什麼醞釀這麼多的傳說。當他的眼光穿越眾人的聲音而停止時，所有的聲音跟著停止，視線也停止，停在電視機旁的一排標示著「世界奇觀」的錄影帶：有丹麥、義大利、波斯、芬蘭……。

「教官，那該不會是……。」一個室友戲謔笑著。

「嗯，沒錯。」教官回答得乾脆而大方。

第一個傳說可以被印證的嗎？那第二個第三個，以至於他對這個黃色的空間所有的疑問，都能有答案嗎？但他並沒有提出疑問。話題就因為他的眼光，而圍繞在錄影帶上面，高教官突然問大家，第一次看到這種影片是什麼時候？大家的鼓譟聲中，他兩頰微醺，像是飽飲了滿室的光能，刻意別過頭去，看到教官的制服整齊地吊掛著。脫下制服的教官，還需要擁有雄壯威武的尊嚴及紀律嗎？

話題仍然繼續著，寢室內的燈光開始有著微妙的變化，黃澄澄的光線迅速收縮收縮再收縮，凝聚成書桌上的一盞枯黃。褪色後的寢室，剩下日光燈繚繞的蒼茫，越來越濃，像是一口流浪的煙，從失落的鼻腔中，汩汩流出。他依靠在床邊，大家的語言也顯得迷離模糊，漸漸地，他好想睡。

「裏面是什麼樣子？」褪色的、失調的、枯槁的、貧乏的、沒有任何故事的。不過，那只是有高教官在的寢室。至於其他教官的，還沒進去過，總該還有一片令人想入非非的澄黃？

——發表於《野葡萄文學生活誌》第十六期，二〇〇四年十二月

小共產主義

電影《宋家王朝》有引一句臺詞：「三十歲以前相信共產主義是浪漫，三十歲以後相信共產主義是笨蛋。」

那一年，在板橋高中群英樓的我們，才三十歲的一半多一點，我們並不相信共產主義。當時政黨還沒輪替，黨國教育仍舊霸佔課本每一頁的注釋。高中正處於一種半大不小的尷尬時期，我們總是在服從既定的規矩中進行有限的叛逆。因此，雖然我們不相信共產主義，卻很愛討論共產主義。

所謂討論，其實很膚淺，絕對不是什麼嚴肅的學術論辯。在往後的日子裏，時常聽到某些教授分享他們年輕時閱讀馬列主義等禁書的經驗，只覺得他們是真正悲慘，讀個書也要偷偷摸摸的。我們在群英樓裏，總是夸夸其談，沒有任何忌諱。

我們總是自詡為半個知識份子——半個，是因為我誤會大學生就是知識份子，而且彌足珍貴，那麼高中生也至少算是半個吧——所以也總好發議論，已經懂得批評很多事情。尤其是不屑國中的教育，地理要考京廣鐵路沿途經河北省、河南省、湖北省、湖南省、廣東省，實在不知道遙遠的鐵路關我們什麼事？國文的陳腐八股更是絕倫，讀什麼〈國歌歌詞〉、〈國旗歌歌詞〉？一句「主義是從」，還大費周章地解釋此為「倒裝句」，「是，語助詞，有把賓語提到動詞前的作用，無意義。」無意義，無意義，我們就這樣嘲弄過去所接受的教育是如何顛來倒去、毫無意義。真正有意義的，身為一位文組的學生，我和小叢，我們至少也要討論討論「共產主義」。

然而，到底是怎麼討論的，卻也沒人細究，真正重要的是「共產主義是一種理想的境界，但是違背人情。」

這是唯一的結論，哪來得到這個結論，也不可考了。只單憑這唯一的結論，我發了魔似的以為自己找到了人所不知的真理。某次，與國中摯友晤面，朋友向我閒談一些演藝新聞：哪個明星外遇，哪個明星又出專輯，哪個明星與經紀人不合……，我忽然按捺不住性子飆罵：為什麼你總是和我談這些膚淺的話題？只見朋友一臉尷尬：「那……那你想聊什麼嘛？」我高中同學都會跟我聊一些知識性的問題，像是談談共產主義啊，你為什麼就不行？

接著，朋友明明一臉莫名其妙，我明明餘怒未消，還硬是在公園繞著操場又討論起共產主義，我自以為了得地告訴他秘密：「其實……你知道嗎？共產主義，沒有我們想像那麼糟糕。」就這樣，一圈又一圈，就算看得出朋友的為難，我卻怎樣也停不下來。但，究竟我說了些什麼？只知道結論是「共產主義是一種理想的境界，但是違背人情。」

我小小的心中的共產國家只有中國，於是天真地將共產與極權統治畫上等號。在群英樓這等由教官輪流擔任舍監的生活中，應當與極權統治相去不遠吧。但這不夠，住宿生活多少會有許多摩擦與衝突，與室友及學弟們更是在諸多生活小細節格格不入。因此，我們決定效法中國來一次「大鳴大放，百花齊放」的批鬥大會。

說是提議，但我根本不容許其他人有商量的餘地。來吧來吧，我就一副仲裁者的姿態，在自習室排了一圈椅子，眾人被迫入座。然後，一個一個接受大夥輪流地砲轟，誰內務太亂、誰彈吉他太吵、誰脾氣差、誰很跩，來來來，把所有的不滿都說出來吧！我像極了本土連續劇裏面的惡婆婆，用盡心力去刁難柔弱的小媳婦，這裏唸兩句，那裏擰一下，團團而坐的眾人，全都是「囝仔人有耳無嘴」。

至於我，真是道德魔人，以超高標準檢視自己與別人，一輪下來，大家被我批評得遍體鱗傷，終於輪到我的身上了，我屏息以待……。

來吧！我也接受大家的批評……

我倒要看看你們對我有什麼不滿……

來呀，我不怕！

……

不同於適才的熱烈，現場處於一片沉默。我還以為自己猛烈的砲火終將得到同樣的反作用力。但沒有，大家你看我，我看你，你推我，我推你，誰也不敢發難。終於小凱怯怯地說：「其實你也不是沒有缺點啦，不過你已經自我要求很高了，再說下去……」「就沒意思吧」「對啊」「嗯」大家竟然放過了我，這樣結束了批判大會。

然後我才知道，自己有多麼難相處。

然後我也才知道，我比真正的「共匪」還難相處。

那年暑假，我和小叢代表學校參加救國團舉辦的兩岸高中生文化交流，為期十日。那是我第一次去中國，我挾帶著滿滿的歷史想像，認為那是一個水深火熱萬劫不復的國度。正好，李登輝總統發表了「兩國論」，兩岸局勢更是陷入緊張。

入海關時，我一步一步往前，看著海關人員，挺著魁梧的身材，板著漠然的一張臉。忽然覺得，再往前幾步，就要進入暗無天日的「鐵幕」了。輪到我時，慌張地將護照及臺胞證遞交上去，海關大叔麻利地翻開、蓋章，就在我要伸手去接回護照時，他又縮回了手，盯著我的證件，又瞧瞧我……，天呀，是發生什麼大事了嗎？我難道犯了共產國家什麼禁忌？一瞬間，我忽然看見這嚴肅的大叔露出一排黑人牙膏般的牙齒，抖了一下眉毛：「你生日，我有蛋糕可以吃嗎？」什麼！在我十六歲生日的當天，竟然見識到：活生生的「共匪」也會開玩笑。

往後十天的行程，處處是見聞與觀念的撞擊。中國的學生與我們挑戰彼此的習慣與思維，我們拖著掛上「中國青年反共救國團」標誌的行李，詢問六四天安門的問題，也在極其繁華的上海，看見巷弄中最清貧無依的生活。偏偏打開電視新聞，中共又宣稱要拯救臺灣同胞於水深火熱之中……。

親身造訪總比想像來得真切，但，回到群英樓後，我仍舊不明白，連中國都逐漸放棄的共產主義，到底是怎麼一回事？

坐而言不如起而行，來來來，重來一次。批鬥大會不算，共產應該是經濟的概念，那我們再來一次實驗。只是，難道要把大家的零用錢拿出來均分嗎？太為難了吧？於是我和小叢共擬了一個漂亮的方案，決定大夥捐出發票，兌獎後的獎金全數均分。這樣，勉強稱為「小共產」吧！

提議的當天正好就是兌獎日，室友與學弟紛紛把發票湊在一起，還刻意攪亂。正當大夥興高采烈、共襄盛舉時，隔壁寢的建智跑過來湊熱鬧，他好奇地問我們在幹嘛，我便鼓譟要他一起加入，他猶豫了一會。

「來嘛來嘛，別人中獎你也可以分到喔！」我加緊催促，正為自己的小共產主義沾沾自喜，他頗為躊躇地也將自己的發票混在其中。

湊了八、九人的發票，竟然只中了一張兩百元。雖是可惜，小叢還是歡呼，耶！這是我們第一次實施共產主義，該慶祝慶祝……，「噢，這張是我的發票……」建智拿起中獎發票惋惜地說。

「耶！」小叢還是努力製造氣氛「太lucky了，我們可以去買快可立的飲料，一人一杯。」

「這是我的發票……」建智嘟囔著，表情垮了下來。

我看著他的表情自己的臉也不太自然，如同原本興高采烈地想講個笑話，卻才開始就被破梗了，尷尬地掛在臺上，不知如何是好。我只好小小聲地說：「這是我們剛實施的小共產，發票就算是大家的唄。」

「早知道就不加入了。」一邊喝飲料時，建智還是忍不住又啐嘴了。

「耶……真不錯，至少有中獎。」小叢僵硬沒有彈性的語氣依然想要撐起場面。

我也忘了大夥是怎樣喝完飲料然後作鳥獸散，只知道「共產主義是一種理想的境界，但是違背人情。」

三十歲以前相信共產主義是浪漫，這是我們無疾而終的浪漫小共產。

走過北門街

板中的學生沒有不知道北門街的。就在學校旁，聚集了各式獨立的商店：書局、早餐店、服飾店、賣飲料的、運動用品專賣店……。上學放學，乃至於晚上八九點，北門街總不乏穿著藍色制服、夾克、運動外套的板中學生，流動其中，或許也是北門街旁的市場，讓疲累的時光走出課堂，能飽餐一頓。

一般學生對北門街自不陌生，而像我等住宿生更別有一番認識。宿舍晚上九點半開放三十分鐘，讓我們能夠外出活動。我們總得抓緊半個小時買些宵夜，作為夜讀的資糧，而北門街則是唯一的方向。北門街上有家書店「書培」，老闆娘甚是親切，後來大概店名諧音「輸賠」的關係，聽起來不吉利，就改叫做「紫騰」——黃底紅字，斗大的招牌，十足的算命館味。住宿的三年，在這書店省下的折扣，讓我們能夠多買幾趟的宵夜，不知道因此多走了幾趟北門街。

至於「快可利」、「大聯盟」、「休閒小站」等飲料店，在一條街上就有三家。彼此競爭的結果只讓價錢越來越低，飲料越來越稀。不過窮學生往往也不管健康衛生的顧慮，一杯十元的「有水果味道的糖水」，輕而易舉就能溺死每個人的味蕾。那也不過是一瓢調味醬加水而已，成本不高，外加珍珠的話，還不用加錢喔！尤有特別的是，我至今記得某位室友，無法順利點杯一連串捲舌音的飲料：「柳橙純水加珍珠」。

北門街連帶黃石市場，是不可能沒有板中的孩子。這樣代代遞嬗，擺明是要讓北門街年輕點。依我看，板中恆常不易的水藍，相對於北門的夜，自有一種不刺眼的鮮豔；若對比於城市的燈火閃爍，則又是一種不枯燥的素樸。

大學某次回去，我向紫騰書店的老闆娘感嘆，北門街變了好多。她到訝異了一下：「哪裏有改變嗎？」「對面的全家便利商店改成了7-11呀！」聽我這麼說，她笑著說：「那已經一兩年啦，你太久沒回來了吧？」我記得自己常常回去的呀，或許太固守記憶，才會產生印象的斷層。

距離那次到現在，又過了十年。我大學畢業、碩士畢業，接著入伍退伍，時間飛快，北門街的變化又比時間更快。同袍蘇章瑋進板中教書，以前回板中是為了探望老師，現在則是為了問候朋友。每次和章瑋到北門街用餐，我心中反覆回溯已經消失的紫騰書局，不知道老闆娘過得可好？也不斷想著當時許多的飲料店，那個念不出「柳橙純水加珍珠」的室友是否也記得這段往事？

北門街的夜晚，依舊有許多板中的孩子。不過宿舍已經拆了許多年，不再有趕著宿舍門禁時間匆匆忙忙買甜不辣的身影。說來，北門街並不長，我卻一路走到現在。

——發表於《人間福報・副刊》，二〇一一年十二月十五日

鬼說

我也愛說「鬼」。不過我之說鬼，與別人說鬼大有不同。一般人喜歡講鬼故事，鬼故事要講出來，不需要太多燈光與氣氛的配合，只要有雙好奇的耳朵，以及一條長短不拘的舌頭，配合一點點恐怖的語氣和詭異的表情。這種鬼故事，可以是老師在課堂上的消遣，而且從小學到大學都適用。也可以是同儕茶餘飯後的話題。反正一群人聚在一起，悶著慌，只要有一個人說：「不如來說鬼故事吧？」然後就會叫聲連連，立刻炒熱氣氛。

可是，我說鬼，真的和一般人大大不同。我不是愛說鬼故事，而是我愛把「鬼」掛在嘴邊，成為一個萬用的詞彙。

舉個例子，好比有一回，系主任想在寒假的時候組個團到日本參訪，那陣子學生和老師間都不免好奇誰要參加。我一連問了好多位老師都表明不方便參加，有一天又遇到一位老師，我上前詢問，這位老師也因為覺得寒假太冷了，不方便出遊而作罷。我於是說：「奇怪哩，怎麼大家都不去呀？那主任要跟鬼去喔？」這位老師聽到急著說：「哎呀，你怎麼可以說這不吉利的話呢？」「鬼怎麼會不吉利呢？鬼很吉利的！」我笑著辯說。這位老師一時搞不懂我在想什麼，還真讓我有著不被了解的寂寞。這就是我「說鬼」的方式，諸如此類的例子那是不勝枚舉，比如常說的有：「報告怎麼多得像鬼一樣？」、「天氣熱得跟鬼一樣。」、「怎麼人這麼多，多得和鬼差不多。」總之，「鬼」成為一個很方便的萬用詞彙，管他是動詞名詞形容詞，「鬼」代表了一切，一切都是「鬼」。

我愛鬼，也不是只嘴上說說就算了。鬼之可愛實在讓我心神搖盪。升大二的暑假，曾經到教授的研究室，立志要發憤讀書，就借了一本《墨子》回去讀。過了快一個月讀完之後，到教授那還書，教授大概是挺希望我談談些讀《墨子》的心得，像是什麼「兼愛」、「非攻」之類的，可我卻大剌剌地談起其中一篇〈明鬼〉的文章。這墨翟呀，可真是可愛得緊，他覺得世界上當然有鬼，就是因為大家都質疑鬼的存在，所以社會才會這麼混亂。而且他還主張，鬼能夠賞善罰惡喔。

當然他這樣說，一定沒有人會了解的，所以墨先生開始舉例，說起鬼故事了。從前從前，周宣王殺死了無罪的臣子杜伯，杜伯臨死前說：「我的君主無故殺我，如果人死了無知就算了，如果死而有知，不出三年，我一定要讓他知道我的厲害。」三年後，周宣王會合諸侯到圃田打獵，隨從的人滿山滿谷，非常熱鬧。到了中午，杜伯乘著素車白馬，卻穿著一身紅衣，拿著把紅色的弓追逐宣王，宣王就在眾目睽睽之下，被已死的杜伯用弓箭射斷脊椎而死了。

也許有人問說，這故事是真的嗎？墨先生就說，當然是真的呀，在周代的史書上可是清楚地記載咧。那周代的史書呢？可真是遺憾，亡佚啦，看不見嚕。不只這樣，墨先生又說了個一樣的故事，連臺詞都一樣，只是人物改了。變成一個叫做莊子儀的傢伙，他被燕簡公殺了，三年後燕簡公去打獵的時候，燕簡公同樣在大家面前，被莊子儀拿著紅色的木棍敲昏。墨先生特別強調，這件事情可是被記載於《燕書》，不能不信呀。不過同樣地，這本書現在也是看不到了。

這墨翟，可真是會說鬼故事，言之鑿鑿告訴我們這些都是真的唷，只是記載的書不見了。這和我們現在的「聽說」、「傳說」是具有同樣的功效，可見兩千多年前的墨子已經非常能夠掌握說鬼故事的技巧了，實在可謂之為箇中好手！這也實在是中國文化的智慧結晶，怎麼能教人不動心，不佩服呢。

我就這樣捨去《墨子》重要的思想，在教授面前大談對那篇〈明鬼〉讚賞，以及對其中鬼故事的好奇。教授的眉頭隨著我高揚的情緒而深鎖，然後發表了一段不以為然的意見，我也沒注意聽，反正大致就是要「教育」我「鬼神之說不可信」的觀念，接下來的表情彷彿就是在說：「怎麼這個學生讀書抓不到重點。」我心裏頓時有一股複雜的情緒，一方面覺得很孤獨，怎麼在這條「鬼路」上走得這麼寂寞，都找不到同好呢？

那我相不相信有鬼呢？這也難說。不過我倒是對「鬼」有著特別的看法。

這又得從另一個老師說起，他在課堂上提出質疑，為什麼科學家在探討宇宙會不會有其他的生物時，都得以「是否存有液態水」做為標準呢？會不會其實在外太空的生物，和地球上的生物發展是不一樣的，也許不需要用水也不需要氧氣。這時我就插嘴說：「說不定，鬼，就是這樣子。」老師聽到竟然驚惶指著我說：「你不要跟我講鬼——！」

那個「鬼」字還拉長了些，以為強調。可是幹嘛不能講鬼，這可是我很有創意的理解耶。也許世界上真的有一種生物，活在和一般生物不同的空間，有著常識無法理解的特性，而我們稱做為「鬼」。鬼是一種生物，感覺就比較沒有這麼可怕和神秘了吧？這樣不也是很好嗎？

於是我之「說鬼」，也就不侷限在字句上的應用了，而是客客氣氣地當作一個實際的存在物看待。好比說，晚上和同學留在學校看書，同學起身說要去上廁所，我就笑笑地叮嚀：「嘿嘿，記得要排隊喔。」天知道晚上學校沒啥人，上個廁所要去跟誰排隊，所以同學一聽不免寒毛直豎，知道我又在說鬼了。

很多人好奇，我成天鬼呀鬼的說個不停，一點也不忌諱，自己有沒有遇過什麼靈異事件呢。這個問題實在很難回答，不過真要說個經歷，也不是沒有。那是一個夜讀的時空，我和學弟留在學校讀書，準備回家的時候發現電梯一直停在地下一樓不動，後來我們到了地下室想瞧個究竟，在完全黑暗的地下室，亮出完全矛盾的光，那座電梯的門開著不關，裏邊一個人也沒有。學弟隨口問問怎麼會這樣，我也就隨口答答：「就不知道誰在電梯裏面惡作劇。」我們決心要征服這座電梯，要將電梯的門關上，於是和學弟走了進去。誰知道我才剛要走進電梯，門就關了，我被突然關上的門夾了一下，仍然「鬼」性不改地說：「完了，我剛說錯話，他們生氣了。」學弟跟著進來之後，我們還沒來得及反應，就眼睜睜地看著電梯的關門鈕自動亮起，門關了，然後電梯自動到了一樓，把我們送出去之後，又重新回到地下室開著門不動。我們只好摸摸鼻子，還是回家好了。至於那關門鈕怎麼會在我們沒有觸動的情況下自己亮起，嘿嘿，如果以上的經歷被理解為「鬼故事」的話，那麼按鈕當然就是「鬼」按的。

還有一天，我一個人放學後留在學校，突然停電了。我只好回家，但是位在七樓的我為了偷懶，決定搭乘電梯。電梯既然有緊急供電，我也沒考慮安全上的問題，很自然地把電梯從一樓叫上來。電梯緩緩從一樓上升，我卻隱隱約約聽到裏面有股吵雜的聲音，卻聽不明白，等到電梯到七樓之後，一開門就說：「三十二樓到了」在停電的大樓中，微弱的黃色燈泡在電梯裏吐吶詭異的氣氛，我不禁傻笑，三十二樓？這電梯想把我載去幾樓呀，真是居心叵測的電梯。

聽到我說這個經歷的人，第一個反應都是急著問：「那你有沒有進去呢？」我並沒有進去，而事實上這是一個非常明智的選擇。並不是我顧忌或害怕，而是我選擇保留了這段經驗最關鍵的一段，讓這段永遠神秘地存在。這和墨翟說鬼故事時，引用的盡是不可察考的典籍一樣，我們同樣掌握了講鬼故事最高的前提：永遠讓人家摸不清楚事實的真相。

——發表於《幼獅文藝》六一三期，二〇〇五年一月

見棺

我曾立志要開棺材店。

無所事事所以事事好奇的童年，我常跟阿嬤去行天宮拜拜。第一殯儀館就在附近，因而有許多販售棺材的店家，店面小小，通常都是一面落地玻璃，能夠非常清楚看到許多棺材堆疊。我突發奇想跟隨行的表姊說：「開棺材店好像不錯耶……」話才說一半，自己先忍不住笑了出來，「家裏要是有客人來，不怕沒床，可以睡棺材。」我對自己的這個玩笑非常執著，不但一講再講，更是笑得不可遏止。大人們倒是對於我古靈精怪的童言，瞠目結舌了老半天，無法認同我的幽默。

其實我也不是毫無禁忌，第一次看到滿屋子都是棺材，心裏很是害怕。那種怕，多半是基於殭屍片殘留的陰晦恐怖——每副棺材都可能住著一隻殭屍吧？那時常想，這地方真恐怖，該不會看似敞亮平靜的店面，在夜深人靜之時，會出現異於白晝的另一種喧囂？不免替那些被壓在底下的棺材可惜，不知道「他們」是怎麼出來的？當然，後來能講那個睡棺材的玩笑，自然清楚棺材裏面是沒有「他們」的。

只是，沒有「他們」的棺材，未必就比較好。

在某些民俗禁忌中，認為撞見空無一物的棺材更加邪妄，他們稱之為「空棺」，遇到這種事情，輕則有血光傷殘之災，重則會家破人亡。傳說某部經典國片在拍攝時，便曾有演員在九份遇到「空棺」，幸好即時化解才能無恙。話說回來，這些鬼知識，是少不更事的時候在靈異節目上面聽到的，現在想起來，江湖術士未必可信；況且在一片詭異的「講古」氛圍中，諸如此類的言說本來就有渲染的可能。所謂「空棺」，只能成為「空棺出喪——目（木）中無人」等啞謎，或是說鬼故事時的順道一提。

空棺我是沒遇過，卻曾撞過「實實在在」的棺材。

那是個陰暗的雷雨天，放學後我並沒有直接回家，繞了點路到巷子口的和伯公廟拜拜。小小的廟宇雖無一人，蠟燭卻情緒高亢地熊熊燃燒，我依照一貫的程序點香祝禱上香，離開的時候由旁側的小門出去，沒想到才一轉彎，便無意地撞到了東西，結結實實的悶響，跌了滿屁股的泥濘。起始沒來得及反應，只不斷打量哪來的木箱子，誰知才一起身瞧個明白，竟是一副棺材。原來有戶人家正在治喪，由於廳堂太小，於是將棺材停放在和伯公廟的外邊，既然是治喪停棺，我這下撞上的，著實是副「實實在在」的棺材了。就這一撞，正在誦經的法師連同家屬全都回過頭來，我立時僵在原地，寒毛直豎，彷彿私闖禁區而踩到地雷，身子動彈不得，滿腦只是不斷翻轉著許多聳動的傳說：黑貓跨棺會起屍，那我撞到棺材會怎樣？陰森的雷雨加強我詭譎的自問，所有電影小說的屍變情節彷彿都成了無限的可能。接下來的細節我居然忘了，極可能是刻意遺忘，只記得自己像遊魂般飄回家，然後大病一場。整個人死了一半。

此後我對於棺材十分過敏，不外乎出自戀生懼死的心情，或是對於精靈邪祟的恐懼使然。一副副的棺材就是一個個「陰間的入口」，好像非得經過某種儀式，讓生命進入一個秘密隧道，隧道的彼端，正是大家繪聲繪影傳述的另一世界。偏偏，時辰未到，誰也不可能發現棺材之下有著另一個齜牙咧嘴的入口。畢竟除了兒時將棺材用來「招待客人」的這種滑稽想法外，誰會無端端到棺材裏躺躺？棺材吞人是個過於驚悚的想像，但若換成人吞棺材，恐怕就成了美事一樁。

臺南著名小吃「棺材板」原名「雞肝板」，傳說有一次考古隊經過臺南嚐試雞肝板，某位教授說：「這雞肝板的形狀像是我們正在挖掘的石板棺。」因為教授的一句話，「棺材板」便取代了「雞肝板」，而這聳動的名稱，更是名揚兩岸三地。我就曾看過一部影片，內容是介紹臺灣和香港的鬼屋或靈異傳奇，在整部驚悚詭異的影片內，竟將棺材板列為重要的介紹對象，追根究柢，還是根植於大眾對於棺材的避忌心理。

大夥吃下棺材板之後，產生更斗膽的想像，連忌諱都拉掉了。腦筋動得快的人，從「見棺發材」概念轉化了人們對於「棺材」負面的感覺，也局部消除了我當年撞棺的陰影。後來我發現越來越多討吉利的棺材擺飾，雖然不能用來「招待客人」，但買一兩個回去也挺過癮的。負面印象的消解，也使得許多人用更嚴謹的態度來面對棺材。那是一種社會地位的象徵，不同於古時的封建禮儀，現在人挑選棺材完全是按照個人的財富能力，上好的棺木價位直可逼近一間房子，果然也是視死如生了。新聞曾報導殯葬業者的尾牙抽獎，便是一副價值五十萬的棺材，雖然不是天價，但若能抽到這副棺材，可真的應了那句「見棺發材」。

「見棺發材」我不在行，倒是從「抬棺抗議」中想到我賣棺材的行銷策略。

這年頭社會上糾紛的事件太多，不時有家屬抬棺抗議。我未來的公司大可研發一種專門為了抗議用的棺材，免去抬棺抗議者之辛勞。在外貌上既與一般棺材無異，則完全能夠達到抬棺抗議之核心精神。當然，更重要的賣點在於輕巧，如果棺材設計得輕，抬得人也輕鬆多了。說不定這樣的構想，真能在殯葬業界殺出一條財路，屆時，那「見棺發材」的用法就該改成「抬棺發材」了。

至於原本治喪用的棺材，最好也走樸實簡易的風格，採「薄利多銷」的策略。畢竟，不管是棺材的形製或是材質，太過講究均非好事。現在大部分都講究火葬，憑他棺材再怎麼雄偉富麗，斷沒有燒不盡的道理，待成一堆灰燼，誰又能去計較棺材的行情與身價？火葬固然不必太講究棺材，土葬其實更是大忌。某企業主往生十年之後，親屬準備撿骨，赫然發現竟未腐化，成為了民間習俗中避之唯恐不及的「蔭屍」。事情鬧上了新聞，還請來許多風水勘輿專家議論紛紛。說穿了，不過是棺材的材質太好，過於密閉，以致於棺材內呈現幾近真空的狀態，屍體當然不易腐化。別說是民間信仰排忌這種狀況，站在環保的角度看來，也未免太不自然了。

很多人並不知道，準備棺材並不全然是因為人死，有些時候，反而是因為不想死。

就有那麼一次，為了課程報告的田野訪查，拜訪了一位獨居老人。我們吃力地用生澀的臺語跟老伯溝通，正在說笑之間，我離席如廁，經過廁所旁的一間暗室，無人的闃黑中透出一股幽異的紅光，該死的好奇心就這樣驅逐我的目光望裏邊一探，不得了，角落竟擺了副棺材。儘管屋外艷陽高照，但在那昏暗的古厝中，我不禁聯想起當年見棺的驚恐，不知哪來的寒風穿過老屋的甬道，起了渾身雞皮疙瘩，也豎起幾分陰鬱的氣味。險些被棺材拐走的意識，好不容易回到訪查的現場，偷偷冒著冷汗。過了好一陣子，勉強定了定神，我婉轉地詢問老伯是否家中有喪，哪知他竟說棺材是為自己準備的。老伯告訴我們，在家裏準備棺材，便能夠騙過閻羅王手下的牛頭馬面，以為此人已死，不再勾魂，因而達到增壽的效果。原來，這種棺材稱為「壽材」或「壽棺」，老伯在家裏替自己擺飾一副棺材，其實是為自己添壽。

瞧，這豈不又是我的另一條「材路」？

況且，倘若牛頭馬面真會「見棺而退」，那麼賣棺材的人大概都很長壽吧？想到這裏，又替自己的棺材買賣，找到了一個萬壽無疆的理由。

——發表於《人間福報‧副刊》，二〇〇六年十二月五日

曼普拉喜特

上顎長了一粒小東西。

總是舌頭不小心頂到上顎的時候才意識到，一旦意識到就想，咦，怎麼有個凸出的小點點？一陣子又忘了，大概沒注意，然後又感覺到了。也不知道是那一粒小點點消失了又長出來，還是一直長在那裏，只是我有時候注意到，有時候又忽略它。

幾次下來開始覺得不安，該不會是得了癌症或是什麼病吧？到底什麼時候開始的也不清楚，如果醫生問起我該怎麼回答呢？是不是太緊張了，壓力太大了（似乎什麼不知道原因的病都可以說是壓力太大）？應該是要去看個醫生的，但好像又不是什麼嚴重的症狀。我就這樣翻來覆去——不是身體，而是舌頭——一直糾結在To be or not to be之間。

想起以前高中國文課都要讀的〈指喻〉，本來只是個小疾病，不趁早治療，後患無窮。不過是要講一則防患於未然的觀念，有什麼好寫成一篇文章的？說是用身體疾病做比喻，我們比較能夠感同身受。其實，我倒覺得應該顛倒譬喻，家國大事不是重點，重點在身體：就如同一個國家不好好治理可能會滅國，身體的小毛病也該儘早處理才是。大多數的人都不會當上總統或官員，但總統與官員都可能與我一樣諱疾忌醫。

到了醫院多少是有點緊張的，耳鼻喉科外大排長龍，看著號碼跳來跳去，怎麼也跳不到我這裏。這幾年來家人陸續生病，爺爺癱瘓、奶奶中風、爸爸更是全身沒一處正常，那一本厚重的病歷，比瀧川龜太郎的《史記會注考證》還要厚。如此，我進出這醫院早已成為習慣。原本難以適應的氣味，現在卻反而有點熟悉。來往的病人與家屬，有的神情憔悴，有的談笑風生。還有許多外籍看護推著坐在輪椅上的爺爺奶奶，陪候張望診間外緩緩跳動的號碼。

醫生很親切，他不叫我陳先生，而是喊我的名，「伯軒，怎麼啦？」讓我感覺似乎是認識已久的朋友。我有點緊張地描述了一下狀況，張開嘴。壓舌板與手電筒在我口腔裏探來探去，然後醫生笑笑地輕描淡寫地說：這沒事，可以不用理它。你如果擔心的話，我幫你排一個手術。

「手術？」我的疑惑寫在表情上。醫生說只是一個簡單的門診手術，排個時間來，五分鐘就結束了。

所以，我也算是位病人了嗎？

我看著手術同意書上的說明：切除腫瘤。

光看這幾個字感覺還真是嚴重。我將手術同意書上傳至Facebook，寫了一段曖昧的文字。大約是說，這些年來進進出出醫院，忙著照顧家人，倒沒想到終於換自己要動手術了。朋友看到「切除腫瘤」四個字，紛紛訝異留言慰問，我也不知道自己是在演哪一齣戲，可以假裝自己是連續劇裏孤苦無依病重的主角，一個人走進手術房裏。

我確實是一個人去的。儘管醫生說手術很簡單，但是，最好還是要有家人陪同。我是覺得能不麻煩就別驚動家人了，但心裏其實有點緊張，畢竟這是我第一次走進手術房。手術雖小，但手術房不會因此變小。當我踏進的那一刻，哇，原來長這樣，就像是一個小型的鐵皮屋工廠。有很多的工具，正中央擺一張床，感覺就像是在修理機器。如果我是文青，就可以矯情地賣弄一下——讓我想起聖多美及普林西比著名的小說家曼普拉喜特（Monbulashit）在《想起近代的貓》（一定要是貓才有FU）開頭說的：「機器，不過是一種與肉體相互隱喻的生命。」

矯情的其實是自己，並沒有這個小說家，也沒有這本書。有的只是一個很單純的想法：在手術房裏，我是機器，醫生是維修的工人。

醫生讓我躺著，然後打了麻醉，張開嘴，開始雷射。但忽然間，尷尬的來了，醫生找不到那個腫瘤了——它消失了，它就是這樣一陣子突出一陣子消失。我跟醫生說，我可以用我的舌頭去頂一個大概的位置，因為我常常這樣逗弄它。除了原本預設切除的那個小點點，還發現了另外一個小點點。滋——滋——的聲音，我只聞到了一陣烤肉的味道，然後醫生拍拍我的肩膀，好啦，很簡單吧。

雖然只是一場小病，結束之後總是讓我鬆了一口氣。我繼續想像是偶像劇裏面起死回生的主角，也許可以繼續上臉書留言：我手術成功了！手術成功了！上天待我還是不薄的……。喔，不，這樣太庸俗。我應該寫：生命只是對我擠個眉、吐吐舌頭，做了張鬼臉。我倒是痴痴望著，以為這是生命唯一的表情。（一定可以騙到很多個讚！）

陽光刺眼，車流繁多，離開醫院時，我才想起還要去上班哩，這是一齣沒有收視率而快速下檔的鬧劇。不久之後，我收到保險公司匯過來的理賠。原來這種門診手術也可以理賠喔？當我看到理賠金足以抵掉半年的保費時（業務會用很實際的口吻：小賺一筆！），我又搖身一變，像是貪小便宜的老爺爺，閒閒沒事逗留在醫院，看看有沒有什麼好康的。然後，開始打量全身上下，「哎唷可惜了，我身體微Young。」

——發表於《四十五度》第六期，二〇一三年三月

輯二

終究，歲月的無情不在於讓人老去，而是硬生生告訴我，要再回到當初的單純，已經不太可能了。

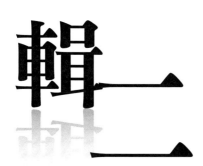

如流的閃爍

那一晚，我的船推出了河心，
澄藍的天上，托著密密的星。
那一晚，你的手牽著我的手，
迷惘的星夜封鎖起重愁。
——林徽音〈那一晚〉

第一次俯瞰燈火交織的夜景是在陽明山，臺北的富麗繁華望也望不盡，我和同行的朋友隱隱然感到興奮，誰能不為這一片燈海所感動呢？轉過身去，我淘氣地彎下了腰，當我用不同的角度觀照，世界在我的眼中不再是萬家燈火，而成為繁星如熾，星子們，多美麗。我們並沒有因此戀棧許久，那是一個旅程的起點，是我們奔離臺北煙波後的第一次休息，當我們再次跨上摩托車時，就瀟灑地拋卻了閃爍燈星。

那個時候，大概耽溺於哀愁的意象，我不時咀嚼林徽音的〈那一晚〉，反反覆覆試驗不同的速度及聲調吟誦。想找出最適當的位置，讓自己舉手投足都能夠傷春悲秋，好祭奠自以為是的哀愁。於是，我開始對燈火熒熒的夜景有著不同往日的體會，特別容易感到莫名的傷悲。

尤其在那一晚，當社團的同伴決定一起上山看夜景，我竟有股寂寞的悽楚湧上心頭。微涼的夜雨、昏暝的街色，使我覺得好陌生、好冷、好害怕。七部機車就在深夜微雨的街頭穿梭，不久之後盤旋於全然黑暗的山路，車停之後，我們徒步向山的頂峰邁去，一步步踏足鮮有人跡的山林古道，苦命的腳印永遠追趕不到我的步履，只是一個，兩個……，濕滑地平躺，在下一個腳印覆疊之後，便失去了自己的模樣。不知道經歷了多少個不成形狀的腳印，拾級而上，上立山頂的那一刻，伴隨著同伴的驚呼聲、眼前的景致，我有悵然欲淚的衝動，如此時節，如此熟悉的一幕。

我們席地成圓圈，訴說著別後的種種，一個朋友正傾訴著自己感情受挫的故事。是因為故事的本身並不吸引我，還是害怕自己沒有動人故事可以分享？我竟有點不忠實地分神，斜著身子凝視眼前的一片鵝黃……。我一直以為，這個城市多一盞燈，就會殞落一顆星星，倘若臺北的孩子有幸能夠目睹星羅的夜空，那我們還會被城市中盞盞的電光撼動嗎？此後我再次看到這樣的景色，是該為旖旎燈火而歡笑，還是得為深沉的天空而慨歎？

深夜夜深，深得像是沒有底一樣，我們決定下山了。回過頭去，我還在陽明山上面為臺北盆地的燈火輝煌而興奮嗎？回過頭去，我依然獨自吟誦迷惘的詩篇嗎？回過頭去，青澀的歡笑及哀愁跌落枝頭，讓濕軟的泥土包容了一切。

歲月如流，星光如流，記憶也如流。

如今不再激越，偶爾從書籍文字中舉盼，北二高拖曳著美麗的拋物線，在夜空中把我的意識串聯成為巨大的流星，我的身影投射在窗戶上，像是一片闃黑的畫布，掉落了點點不規則的閃爍。面對動人的夜景，我至多冷靜地喝一口茶，往更遠的地方看去，天空，少了點星星。

——發表於《中華日報・副刊》，二〇〇四年八月二十二日

對窗

停電了。

我對突然關閉的電腦螢幕發呆，沒有電扇，沒有電燈……，這些電器在停電時，有等於沒有。幸好，失電的空間不會立即燥熱，更值得慶幸的，剛剛的電腦只是閒逛網路，並不在處理任何文件檔案。或許電一會兒就來了呢？怎麼會突然停電？或許是外面打雷閃電，影響了電力系統嗎？無所謂，總之我處的空間頓時失去躍動的能力，靜止在時序流動、風雨飄搖中。

星期六的午後，校園本來就不太有人。失去人氣的大樓，形同荒煙漫草中凋零的古堡，儘管是新興的建築，在風雨中終究更顯神秘與蒼涼。而停電的此時，所有的氛圍都凝結，原來被世界遺棄只在一瞬而已。坦白說，窗外的光線足以讓我完成預定的作業，但我卻不想讓種種學科上嚴肅的議題加深了時空的停滯。我索性將座椅轉了個方向，面對窗，我觀賞著雨和雷。

北二高的車往往來來，我能聽到輪胎走過雨水的聲音，聲音的節奏應和著車行的速度，一段段一條條，是車輪的痕跡，是車燈的投射，是水流的方向，而這三者，都企圖與北二高平行。除了水聲，就是雷聲。有的悶著低吼，多則是暴怒。儘管隔了一扇窗仍覺得怵目驚心，而其實，早在雷鳴之前，玻璃窗早已被一道道亮藍色的電割得粉碎了。

真美。我有一個關於賞雷的故事。

那是個夜讀的時空，瞬間起了狂風下了大雨，可怕的雷響，天空憤怒地嘶吼叫喊，我不由自主走到陽臺，頓時驚駭的氣氛凝固在光閃的那瞬間，接著又在雷響之際與我產生共鳴。我覺得害怕卻看得入神，隱隱好奇著，打雷閃電究竟能夠大到什麼程度呢？漸漸地由害怕感到了一點點的刺激，由刺激變成了興奮，暗自竊喜、緊張，我正偷窺著末日的前兆及異端的降臨。那個夜晚，所有浪漫從電光中迸發，撥了一通電話給朋友，我想告訴他，不管什麼事都立刻放下，先看看這一場驚心動魄。

「喂，你在幹麻呀？」

「我？正坐在樓梯口看著閃電。」

我忘記後來自己是怎麼接話的了。那晚的驚異，已經不是那陣雷電風雨，在有限的記憶體中，取而代之的是我主動撥出的那通電話，及電話那方給我的答覆。我想怎麼能夠如此有默契，遠在兩方的朋友，同樣被閃閃雷電吸引。

也有人反駁，說這不是「賞雷」，應該是「賞電」。呵呵，是呀，我是驚異於亮藍的電光，而非震耳欲聾的雷聲。就像是現在，天空連續按下快門，我開始學習對著窗景微笑。

目窮之極，窗外仍是一片遙遠，突如其來的記憶，我就思念著一幅畫。

那是十九世紀初德國藝術家Caspar David Friedrich的一幅作品。那是我在故宮舉辦「德藝百年珍藏展」所看到的。畫中的女子面對著窗口，我們無從得知她的容貌，而據說，這位女子其實是畫家的妻子，面向窗口則意味著嚮往窗外的世界，然而之所以嚮往，乃是因為有所困梏，畫家別具巧思，將一縱一橫的窗櫺擺成十字狀，表達了宗教桎梏藝術、桎梏人民的意涵。

面對整個展覽，我最喜歡的就是這幅畫，大概點明了長期以來自己的心情，總嚮往窗外的世界，而當我一味沉浸於夢寐的理想時，外人的眼中我是不具面貌的，有的只是背影。我伴明窗，窗櫺框住了天地，成為一幅動態的山水畫作。我真想問問風景畫家，到底是大自然包容了繪畫，還是繪畫中容納了自然，而我以為自己獨立在畫面之外，在他們眼中會不會也是畫面的一部分？不然問問人物畫家，讓他們從反方向來看，窗戶成為一種參考用的比例尺，依舊臨窗對望，框出來的是一幅人物畫。那我又要問：究竟是我成了繪畫，還是繪畫包容了我。

展覽結束之後，我特地上網將這幅畫的圖片下載到電腦裏，而故宮網站上對這幅畫的中文介紹十分扼要：「窗邊的女子，1822，卡斯帕爾・大衛・腓特烈1774-1840，油畫、畫布，44×37公分，老國家畫廊，藏品編號ＡＩ９１８。」我對數字本來就沒什麼概念，而比較讓我注意的是，網站上將這幅畫的中文名稱取為「窗邊的女子」，其實英文的名稱為「Woman at the window」，如此的翻譯當可無疑。但我卻覺得可惜，當我看到這幅畫時，心中第一個名稱是「對窗的女子」，恐怕「對窗」一詞，才能點出女子心中的想望，才能提示畫家理想的方向。原作的題名該是德文吧，就不知那個語言，有沒有指點出一個方向？

再平凡不過的一場午後雷陣雨，是夏天到了嗎？靜默中，我的感官以一種矛盾的姿態變得銳利。一隻不知該如何稱謂的孤鳥，急速飛過眼前的天空，牠為什麼這麼急？是不是落單？大概外面下大雨的原因吧。我放肆地轉動心緒，卻又吝嗇地不做任何悲喜的感情判斷。

我也想到一些美麗的意象，或許該寫詩。那麼是該寫古典詩還是現代詩？我讀文學系，應該有著不同於他人的一份敏銳，應該有著對周遭景緻細膩的體悟。又或者，我連寫作都該有不同於他人的一份才情？那麼寫詩填詞好了，讓古典文學的凝練，收攝自己日漸逸散的感性……。也不過就是自己的喃喃囈語，我讓不易覺察的心緒輕巧滑過腦海，我不曾提筆，而事實上若真要寫首詩或填一闋詞，恐怕自己還得為了既有格律殀殺未有的詞彙。

想了好一陣子，我才回到了現實，停電的研究室，空氣開始枯朽。真不知電什麼時候會來，於是我挪挪椅子，換個角度斜欹在窗邊，隨手拿起了兩本書，在微明的光線下展讀。

一本是伊藤守的《兩個人比一個人好》：「兩個人會比一個人好。然而，說這句話的意思，並不是要某個人給你幸福。」輕鬆簡單的文字，讓我能夠快速閱讀，然而文字背後，也能夠讓我頷首低吟，甚或昂首遐思。我也非常讚嘆譯筆的平易，儘管我並不懂日文，書中也未有附錄原文，但就文字敘述而言，平淡流暢，大概是任何文字工作者最基本的要求，同時也是最難達成的藝術成就。手邊另一本書則是許悔之的詩集《當一隻鯨魚渴望海洋》，鯨魚和海洋都是遼闊的意象，而且是一種充滿童趣的遼闊吧？不過我從未曾想要豢養鯨魚，渴望海洋倒是常有的事。總覺得自己是不該離海而居，這樣好像背叛了母親遺傳給我的鄉愁，好像好像，只有海洋才是我的家。可惜七樓的高度不夠，窮耳目之極致，沒有浪花，也沒有海濤。

有的只是一扇窗，及窗外的景貌。從天而降的驚濤駭浪，只能是雨，不能是海。我開始覺得困滯，好像行動被拘束了，難道我之膽怯，一有雨，哪也不能去？於是乎思考些形而上的問題嗎？所以我用理性捕捉心念悠遠的遙蕩嗎？漸漸地感覺到疲乏，覺得睏，我於是乎側趴在桌上，緊閉雙眼，暫時地睡去了。

夢醒之後，電還是沒來，而窗的明淨仍然朝向我的方向。

——發表於《中華日報・副刊》，二〇〇四年十月十二日

山巨人

在一個村莊流傳一則故事，小孩準備去爬山，忽然一陣天搖地動。山竟然開口對那個孩子說話：「我是山巨人，想和你做朋友，但是你不可以告訴別人唷。」

*

好暗。

然而不是完全沒有光，不是什麼都看不見；儘管是黑，依然能夠清楚分辨方向，分辨那黑暗之中不全然黑暗的色彩。右側是山，還看得出綠，路蜿蜒到了視線不能轉彎的地方，那是海，一種比山更黑卻更亮的顏色；更亮，是因為一艘漁船微弱閃爍著，彷彿深沉的夜空綻放一顆靈光波動的恆星。再遠一點，才是真正的天空，灰灰白白，大片大片的靜定，連底下的浪聲也凝固。浪聲背後，那就是黑了，純粹的黑，寧靜的黑。

凌晨是個曖昧的時區，只因天未亮，便時時讓我們忘記已是新的一天。牽著昨日走向今日，凌晨是段不知該道「晚安」或「早安」的過渡。所以坐在海岸上的我們，總也忘記早已是新的一日，天亮之後，我們將離開綠島。

原本計劃半夜到朝日溫泉看星星，也打算在溫泉中迎接晨曦。可惜前往時才得知溫泉至上午才開放，敗興回到民宿，不一會兒眾人皆回房休息，剩下我們幾個沒睡的，坐在岸上期待日出。只是我們誰也沒有把握，層層疊疊的天空，透露了雨過的痕跡，難得出遊竟遇見鋒面滯留，雖然雨多下在清晨及夜晚，行程並未受到嚴重影響，不過要如願看到日出，怕是不容易了。

我們恣意攀談，話很輕，卻笑得很有力。坐在地上，腿穿過欄杆懸著，眼前先是一片蔓蕪的草，更往前往前才是迎向我們的大海，大大的海。不說話的時候我看著坐在右側的朋友，以及他們背後的山。

我看出了些什麼，急著嚷嚷：「那座山也很像觀音耶。」
他們順著我語氣的方向打量了一番。
那是臉，接著是脖子，臉前面那裏是……就是那個……。
「是髮髻。」競方接著我的話。
對，髮髻。我也挺有佛緣的嘛，我戲謔地說。
不過奕元並沒有繼續附和我的想像，只是挪挪身子，一派輕鬆地說：「我覺得比較像山巨人。」

＊

小孩的父母發現他晚上會出去，行徑很奇怪，於是跟蹤他，發現了孩子在和山巨人玩，心想：「天呀，竟然有妖怪。」

＊

才來的一天，我們就發現綠島特殊的景致。島嶼雖小，周圍環繞的山巖卻是星羅棋布，在天然的巖石中，不乏有許多形肖特殊者，成為遊客注目的焦點，也順理成章變成固定的旅遊景觀，像是睡美人、哈巴狗、將軍巖……，維妙的鬼斧神工，在在透顯大自然的力與美。當我們駐足在睡美人與哈巴狗景點之前，不免也群起攝影，是驚嘆，是新奇，更多的其實還只是單純的興奮。除了輪番合影，大夥也利用「借景」的方式有不少諧趣的鏡頭，像是撫摸哈巴狗的頭，又或者向睡美人「襲胸」。諸多把戲自無惡意，卻也引出我遊戲般的質疑：「為什麼那是睡美人呢？」

「因為有隆起的胸部呀。」

「也許只是個有胸肌的男人呢？」

如此說辭當然只是玩笑罷了，不過確實有許多想像的空間。起碼，我就覺得那塊哈巴狗的巨巖，比較像是卡通中的布丁狗，難不成，布丁狗本就是哈巴狗嗎？

儘管一天的遊玩已消耗許多體力，每個人都是熱情不減，當夜色略顯疲憊地降臨，我們跟著導覽尋找梅花鹿隱隱閃動的瞳光。可惜下雨，澆熄如火焰般的鹿瞳，在眾人來回穿梭雀語的期待中，雨竟應聲碎裂，來勢洶洶。導覽遂帶領我們前往觀音洞避雨。

觀音洞，在環島第一圈的時候便注意到，只是巍峨的牌坊使我錯以為只是單純的廟宇，進入之後才發現真如其名是個低沉的山洞。洞緣的鐘乳石，很容易予人歲月的聯想，那是一柱柱凝固的流動，時間在上緩緩滴落。洞內放設了小小的香案，矗立在旁紅紙圍繞的是一顆石頭，或者該說是一尊石像。導覽要我們猜猜由哪個角度可以看出觀音，話才脫口，我還來不及反應便已有人看出端倪。導覽笑了笑說：「還不錯，挺有佛緣的。」

若是照這話看來，所謂的靈慧是我與生缺乏的。

接著我彷彿失去了所有的想像，便再也看不出什麼。好比多年前，與朋友前往平溪，一夥人出了車站即興亂逛，在眾人達成共識之後便租了自行車，依照地圖的指示尋找「滴水觀音」。自行車的輪印壓在曲折的地圖上，兩旁的街景愈顯寥落冷清，車行不到之處索性棄車登山。滴水觀音似乎是由山壁上的清泉點點滴滴形塑而成，只是那漸次滴落的，不只是水，也是汗，是每一個如朝聖者樣的旅人所滴下的汗。只可惜，山泉滴落能造就觀音，而汗流淋漓卻無法幫助我領會觀賞。因而，當眾多遊人紛紛驚嘆之際，我也只能暗自力索：到底要從何角度才能領略在自然的巧化下，降臨一尊悲憫世情的菩薩？

當年沒看出來的，如今也沒能來得及端詳。

離開觀音洞時，雨勢只稍微緩了緩。我們跟著導覽往更幽暗的地方前行，仰仗的也只是他手中一束燈光。跟著燈光，我們在好幾處不起眼得巖壁或坎洞前議論紛紛，因為在導覽稚樸的口音中，我們看見的不只是觀音，還有彌勒佛、土地公、天蓬元帥……。每當我們吵著問：「哪裏呀？看不出來呀？」導覽便耐著性子解釋，並且不斷地說：「想像想像，要多一點想像。」面對山巖石壁要能看出什麼，真是一種極為具體的抽象。難道諸多世情本然如此，常常在無意之間知道了些什麼，卻又在苦心追索時什麼也沒有？

「聽我舅舅說，這裏面還可以找出十二生肖。」

導覽這麼說時，我們早已隨著他的視線蹲成一片，那是低矮深暗的坎洞，崎嶇凹凸，我們什麼也看不見……。

*

於是村民決定要放火燒山，孩子便阻止說：「不可以，山巨人是我的朋友，你們不可以燒他。」但是村民不理會孩子，還是一把火燒了山。於是，山巨人孤獨地走到海邊，變成了一座島嶼。

＊

奕元問我，為什麼一定要是觀音，他覺得比較像山巨人。

我們都知道，山巨人就是山巨人，沒有任何的寄託或典故，這比任何想像都直接，而且單純。但我所疑惑的倒是，這小島上諸多的想像又從何而來呢？走過幽禁的歲月，會不會是在火燒的年代，一雙雙或者怨懟，或者孤憤，或者百無聊賴的瞳仁逼視出雜遝紛陳的山靈？留給青春的旅人一點足以駐足的視野。我們也曾聽聞過政治禁閉的故事，手指也曾一一觸及紀念壁上無可抹滅的名字。但我們畢竟是沒有負擔地走在一座小島的歷史之外，遊人來往的腳步恰如海濤波波碎裂，而又迴旋反覆。所以，當我們還來不及記憶歷史、瞻觀政治，還來不及凝視小島住民的無怨復無奈，我們看到了靜靜臥躺的山巨人。

「我們來玩山巨人的故事接龍。」

在我的提議下，我們很用力地順口胡謅，自然沒想過能說出多麼精采的故事，卻樂在其中，那短暫的輪替中，想來各人心中都有一座屬於自己的故事，卻隨順著友伴的劇情調整。每每輪到自己，希望能夠來個怎樣曲折或離奇的發展為難故事的接續，偏又不忍心讓故事成型之後離我腦海中茫昧的原型太過遙遠而扭曲，故事接龍的當下，享受等待日出中單純的悠閒，山巨人也跟著可愛了。

天亮了。

沒能有個真正的山巨人，一口氣幫忙把雲吹走。所以，我們沒有看到日出，而天就這樣亮了，從海平面亮起。我們起身，倚上欄杆，海草的濕綠爬滿了淺灘，淺灘的盡頭是白花花的浪，更遠是透著光的藍，愈遠愈暗，暗成一種純潔的藍。漁船早已收起一夜的燦爛，駛在我們的視線中央，忽遠忽近，近得彷彿就要隨波而至，又遠得差點游向了天空。亮的天，是比浪更白比海更藍的另一種存在。

好靜，卻不是全然沒有聲音，有駁雜交錯的鳥唱，以及不遠處小山羊傳來咩咩的稚鳴。我刻意忘記幫山巨人照相。

這是旅程的最後一天，我們即將再回到綠島。

——發表於《更生日報‧副刊》，二〇一二年三月十五日

過程

多久沒有這樣等待的心情？我的生活如往常進行。在準備研究所考試的過程中，我好幾度尋找自己身上的發條，是的，是發條。我以為自己被神秘的天啟偷偷上了發條，日復一日規律的生存著，吃飯，讀書，吃飯，讀書，吃飯。在如此緊湊的生活中，其實隱藏著百無聊賴的弔詭。

這個時節冬季未過，春季已偷渡來了。在我上了發條般的日子中，唯一不像是機器人會做的事情，便是在每個午休緩緩掐著自己的指頭，算數流去的日子。我算得挺慢，彷彿在馴服頑強的俘虜，冷冷看著指頭上每個關節無聲地鞠躬。不是感傷，不是期待，只是好奇；我好奇自己掐到第幾個關節，他會回來。

該是回來的時候吧？那是我十根手指頭以外的日子，不知道怎麼算，只怕是從第一根再次算起時，時間倒流，一切又得從頭來過。只好拿起話筒，把每一個號碼輸入得特別謹慎而精緻，每個號碼傳都是一段刺耳的長針，忽上忽下；往往，還沒來得及撥到最後，便傳來不耐煩的「嘟……嘟……嘟……」。重新再來，我反反覆覆，在這緩慢的過程中，不斷試驗；我想知道能用多慢的速度完成一串電話號碼的輸入……。「喂，請問你找誰？」

*

上一次見面，是MSN上面的邀約。

——下午　要不要出來呀

——好呀，喝咖啡嗎？

——我要去看醫生

——哈哈……那現在是怎樣？要我陪你去看醫生唷

——會怎麼嗎　又不是婦產科

——哈，好呀，怎麼約？

捷運站內並沒有說得清楚的標的物，我邊等邊晃，列車南下北上，反覆吞吐吸納眾多無名的人。每當列車將行的鈴聲響起，我就整個慌張起來，月臺上的人一掃而空，獨存我徘徊於等待的過程。然後，月臺安靜了，不同的旅客又慢慢聚集，再聚集……，平時不會逗留在月臺上，倒沒發現，原來這月臺上的活動竟如此規律，蓬勃中帶著巨大的死寂。

「你要去看什麼病？」

「我是要去看精神科。」

「哈哈哈，別鬧了啦！」

「真的呀，我是要去看精神科呀。」

「……你怎麼了？」

怎麼向來開朗幽默的他，也會感受到龐然的壓力迫近？譬如說，課業、家庭、愛情，或者該直接了當地說：人生？

「你曾因為什麼事情而大哭嗎？痛哭失聲那樣。」列車從陰暗的地下飛躍而出，外邊的天空竟沒有較多的明亮，陰陰鬱鬱，一種將雨的顏色。

我也曾經很迷惘呀，我說。不知道生活哪裏不對勁，生活上其實也沒有什麼挫敗，日子就在上課、打工、讀書、考試中度過，平靜得根本就不會想要去質疑這種生活存在的價值。卻在一次意外的思考中陷入迷惘，在迷惘中彷彿又看見無聊：這有什麼好難過的呢？就在這樣的自我循環中反反覆覆檢視自己，抽絲剝繭，到底是被下了什麼蠱，還是被怎樣操縱著呢？但是，這種對生命窮極無聊的哀傷，很快就不見了。我發現身邊有太多的人都懂得尋找一種對治憂傷的方法，儘管人人不同，卻也都能如實自在地生存著。那時我開始也覺得平靜，也覺得所有的煩惱都是自找的，也相信「凡可憐之人必有可恨之處」之類的箴言。

捷運列車狠狠地拖曳著，窗外的風景瞬時面目模糊。我望著朋友以及他背後流動的街景，在滔滔不絕的同時，我心中其實盤算著：我該說什麼？我該怎麼說？

「嘿嘿，不過呀，」於是我換了輕鬆的語氣：「我後來覺得那些修養看似很好的人，其實只是一種壓抑，尋找各種方法閃避問題。」

「可是依你這麼說，無論怎麼樣解決，都只是壓抑自己囉？」他笑了笑。

「是呀，我本來就覺得每個人的生存，都只是一場內在的自我催眠，端看你願不願意承認。」霎時，我竟很得意自己做出這樣的結論。

他啜飲香橙咖啡，我品嚐著奶油鬆餅。

儘管事先掛號了，不過精神科的門診還是大排長龍，掂掂時間，大概要到晚上吧。所以我們找了一家咖啡店，既可以享受下午茶，也可以好好長談。

他向來是個嗜咖啡的人，關鍵還不在每次見面都要喝咖啡，而是我曾經注意他的網站上有著一段描摹咖啡與愛情的文字，當時頗為高興的，原來我們也都罹患無病呻吟的重症，自溺於無可救藥的哀傷；稍一冷靜，便又指責自己的濫情。我從電腦檔案中也找尋自己多年以前的一段文字，恰巧也是將咖啡與愛情如此庸俗的比喻湊合在一起。他因此驚嘆、訝異，或者無奈。

——五年前我還在被老爸賞巴掌的陰影之下

你已經在想咖啡與愛情的連結了

厲害厲害！

＊

——雖然我老爸沒有呼巴掌讓我產生陰影，但是家裏確實也有讓我不想面對的問題呀。

也許，我們有著相同的問題，話一出口，又覺得問題彷彿也不嚴重。是因為在不自覺中，把自己弱化成可憐的角色，偏偏又倔強不願意他方的同情嗎？想來，我們在反芻記憶的過程裏，不斷療傷、受傷、療傷，終究還是困守在那食之無味的往事中。

這家咖啡館離士林夜市很近，路上車多行人也多，加上一些路邊攤販，把人都擠到馬路旁了。潮濕的地面，濺起朵朵透明的水花，綻放、消失，那兒又綻放，又消失。透過咖啡館的落地窗，行色匆匆的雨傘編織成慘敗的圖樣，互相糾纏、黏著。落地窗面輕微流下一條條水珠，像是年邁的蛛絲，又像鬆弛的五線譜，彈奏出一股高亢的慵懶，正如同室內正傳來Josh Groban的歌聲一般。

總覺得，他是一具年輕的肉身，渴望寄託蒼老的靈魂。於是大量閱讀，期待短時間內獲取知識。他結交各路朋友，相信這些朋友能夠帶給他成熟的契機。一個急於成熟少年，有意無意反過來譴責青春的稚嫩，彷彿陷入了出口與入口相連的迷宮，再也沒有出來的可能。

「讓我來打個比方吧。」挪挪位置，我喝了口水說：「我們的生命是由肉體與心靈構成的；如同肉體的成長與衰老一般，心靈也會日益成熟。我們都知道，肉體會一天天的成長，然後達到顛峰的極致，跟著衰老而壞死。明明知道肉體總有一日會壞死，但是我們會期待嬰兒新生時，便滿是皺紋嗎？既然肉體總是要老去，為何不讓嬰兒快快走向那樣的結果呢？」

我儘可能說得慢些，這個譬喻才在腦子構成雛形，也沒有十足把握能表達貼切。不過從他的表情看來，極有可能是我比喻失敗，或者兩人默契不夠。他並未立即明白我的意思。於是我只好草草做出結論：「如同我們不會期待嬰兒的肉體快速成熟般，也不該期待心靈快速成熟。所以我覺得，既然頭跟尾都不是我們能掌握的，那就掌握過程。就像你常常說的那句……那句怎麼說的來著？」

「人不自溺，就不能感悟存在的價值。」

「對啦，是這句。」

「所以你也認為青春本該自溺？」他疑惑著。

*

像是運行於軌道的行星，哪裏是開始，哪裏又是結束？沒有起點，也沒有終點，恆常規律地運作。像是一陣長風，哪裏是風的起點，風又要吹到哪呢？一如窗外綿密的雨，我們找不到第一個落下的水滴，也無法了解什麼時候落下最後的那滴雨。雨落之後，何時又露出第一道暖陽？我們真正能夠感受的，是過程。

等候看診的枯燥，被我們隨著奶球攪入在咖啡裏了。

「待會，我想要去算命。」

「你幹麻呀？」聽他這麼一說，我著實大吃一驚。事情有困難到需要求助那誰也沒把握的神秘力量嗎？聽我問得激動，朋友急忙笑著解釋，不外乎說些紫微斗數神奇的故事。終究他還是頓了一下：「其實，我只是想要在去內觀之前，嘗試用不同的方法了解自己而已。」

「內觀？」

「嗯，內觀是一種修行方式，朋友介紹我去的。內觀的過程都不能和外界聯絡，有十二天，就像是閉關一樣。我想在內觀之前多了解自己一點，也許到時候會更有啟示吧。」

走出了咖啡館，天已暗，都市的繁華盞盞點燃，士林夜市的人潮湧現。多少臉孔從我們身旁擦肩過去，呆滯的、興奮的、煩惱的，有著不同的職業、年齡、學歷、興趣。我很好奇，有多少人也曾經迷惘於存在的意義呢？他們也曾苦心力索終究的答案，也在尋找的過程，企圖追尋不可知的神理嗎？

在我思索的當時，也成為有心人眼中，一張略顯憂傷的面孔嗎？也不知是因為文學素養的累積，或者先入為主的意識強烈，在朋友與師父對談的過程中，我屢屢聽出算命師語言中的猶疑擺盪、模稜兩可。這是士林夜市中的一條算命街，整齊的招牌可以看出來是刻意設計的。路過的人雖不少，大部分的攤販仍是寥落冷清。我不懂命理，對於算命師父與朋友之間的討論，甚至是爭辯，毫無置喙的餘地。

或許這真的就是個自我催眠的世界，大至理論學說、道德教條，小至占星卜卦、心理測驗，其實都只是強硬地輸入價值意識給每個人的。能理性面對，或許就能夠保有一點彈性的可能。如果不是這麼一回事，我們又怎麼能夠判斷卜卦算命之流，有「準不準」的差異呢？

我獨自思量，卻什麼也沒說。我相信他並非迷信，只是客觀地尊重每個可能認識自己的機會。至少，由他與師父長達兩個小時的討論及爭議中，我寧願相信他是這樣想的。

整個下午的流連，反倒錯過了原來的門診。

「你會想要算算看嗎？」在回家的途中，我們這樣談到。

不會，有點貴。對我而言，這個實際的答案正足以消解虛無的探索。

當他的身影隨著列車呼嚕嚕地過去了，月臺又是一片淨空，又是三三兩兩的人聚集。旅客的匆忙與緊張，隨著列車將行的鈴聲一同響起，我的思緒也跟著騰躍翻飛，而後悄悄沉澱。我想到了青春自溺的言說。想到了算命街前，虛虛實實的猜想……。生命仍然如實地存在，沒有誰給得了究竟的答案；況且，以我們的二十年紀，要舉起這麼龐大的問號，畢竟是太為難了。

我開始掐算著下一次見面的可能，那會是個等待的過程。

——發表於《臺灣日報・副刊》，二〇〇六年三月三十一日

櫻月

那一年，我們悄悄掩埋了一個秘密。

我才國中，距離阿公倒下已經三年。當初，說是因為骨刺壓到神經，使得他往後的日子必須仰賴阿嬤和輪椅。剛開始阿公很用心地復健，家中的每個人都小心翼翼陪伴他，後來到臺大醫院住院觀察，準備進行連醫生都沒有把握的手術。偌大的房屋少了老人家顯得寂寞，偏偏多餘的空間並沒有造成一種寧靜舒緩的節奏，大哥成天在外打架鬧事，時常深夜不歸，爸爸總歸咎於媽媽疏於管教。一次又一次，媽媽在客廳靜靜地等，靜得沒有一點情緒，我請她先去睡，她只是搖頭。低氣壓使整個家無法呼吸，我戒慎恐懼地活著，深怕再多一口誰的喟嘆，會立刻引起強烈的風暴。

只是誰也不可能想到，釀成風暴的，竟是一陣急促的電話聲響。堂姐發生車禍，必須立刻進行手術，當時聯絡不到大伯，爸媽立刻趕過去，才出門五分鐘，電話又再一次響起，大哥放下電話之後，只說：「死了。」「死了？」至今仍然能夠感受當時不可置信的恐懼，兩層樓的房子，留下詭異的節奏。我輕抱著熟睡中的弟弟，用力緊閉眼睛：睡吧，睡吧，這只是一場太過真實的噩夢。夢不知道進行了多久，在暗黑的意識中聽見爸媽的惋惜：這麼年輕的一個孩子。

失序的生活使我忘了悲傷，只是在每次的祭奠中，聽著法師的喃喃，按照規矩重複一次又一次的祝禱。偶爾，也會很不誠懇地想著還沒算完的數學、回去要背英文單字，升學的壓力並不趁此悲憫我，總覺得好累好想睡……。死亡好冷，夜深的寒風迸發冥紙堆砌起的巨大火光，那是僅有的光明溫暖的意象。殯儀館大概是世界上最少笑聲的地方，而我卻不知道該怎麼哀悽，只能平平整整放好五官，不笑不語是我唯一的表情。

我的情緒異常地凹陷，思量著街坊鄰居對堂姊的讚美與追念，到底有什麼價值，只是為了加強一嘆可惜的語氣嗎？這些問題根本禁不住疑問。我變得更加尖銳，用冰冷的視野審視每個人的行為。當全家人準備驅車前往殯儀館，鄰居問我們要去哪，不等爸媽回答便搶著說：「要去拜你！」爸媽倒不甚介意我的無禮，反正所有失常的行為，在他們眼中都只是一時的叛逆。

是的，我是生而叛逆的，提早來到這個世界，被家族賦予莫大的罪孽。關於我早產的故事聽聞太多了，不管是怎樣的情節與邏輯，結論一定是我的存在耗盡了阿公阿嬤的錢。「你知道那些錢可以買多少房子嗎？」這個問號是所有長輩給我的考題，無法回答，我只能相信自己的命很值錢，在毫無能力決定任何事情的時候，已虧欠太多。於是我顯得乖巧，彷彿是一種贖罪的姿態，向所有的長輩宣示：「大家，對不起。」但是這樣的乖巧除了得到無關痛癢的讚美外，卻得不到應有的尊重與包容，甚至慢慢地失去存在感。我真是耗盡力氣想要爭取一點關心，管他是誰都好；可我知道，當我懂得把自己的一切打理得好好時，很有可能在長輩忙碌的生活中，成為最不起眼的那個。

我開始厭惡這個家，以及家裏的每個人，甚至上演了翹家的戲碼，每次被爸媽拎回家就展開冷戰。我只要學習大哥翹課打架，父母的注意力就不得不放在我身上了。無奈，我嚥不下氣又狠不下心。

只有堂姊安慰我。

那是在一個昏黃的午後，我和媽媽到臺大醫院探望爺爺，在那剛好遇到了堂姊。媽媽向阿公抱怨我一連串失去理智的行為，說到激動處，窗外的餘暉把雪白的牆壁燃燒起來，同時引爆我所有的不滿，胡亂說了些賭氣的話，把頭別過去，一語也不發。堂姊看我已經拒絕與媽媽溝通，就坐在我旁輕輕地說；要懂事、要體諒。我難掩激動的情緒告訴姊姊自己的委屈。她說她懂，只是大家都在忙的時候就要更懂得忍讓。

「你現在的功課好不好？」整個家，不會有人管好不好。

「我的數學不好，我覺得線性函數很難。」

堂姊答應要教我數學的那一年剛好畢業，回到了板橋，找到的第一份工作是在房屋仲介公司上班，她的第一份工作的第一份合約，預計在晚上簽訂，就是當晚我們接到電話，那份合約再也簽不了了。原來，當我紅著眼眶，在醫院和媽媽生氣，想著堂姊細細的安慰，望著烏黑的長髮，米白色的長裙使得醫院的色澤柔軟了些。那個緩緩離去的背影，款款的道別，竟是我這些年來任憑記憶如何模糊也無法忘記的，充滿光影的印象。

再次見到她，靜靜地躺著，只要不呼喚，那和睡著沒兩樣。但我總還是忍不住地偷偷問：姊姊，妳什麼時候醒來？

告別式當天，起了個大早，到了殯儀館的時候一切尚未就緒，坐在外面守候，看見爸爸從廳堂走了出來，泛紅的眼眶想必是目睹了堂姊的遺照。照片真美，彩色的半身照，照片中的她微微側著身子，對著鏡頭展現略帶羞澀的笑容。那種笑，彷彿可以從葬儀隊的冰冷喧鬧中滲透出來。那樣的生活照，比起在相館正襟危坐的大頭照美多了。我甚至在心中暗暗決定，一定要為自己預留一張滿意的照片。

儀式結束，靈柩要送往火化，我們向她深深鞠躬，到了此時，才出現一道清晰的聲音告訴自己：姊姊沒了。也是至此，才深刻明白這些日子以來的冷靜，其實不是不傷悲而是不死心。一直都以為是夢是夢，總認為事情不可能就這樣發生，這樣結束。其實只是自己一廂情願的妄想，就是不甘心。我就是存了這麼一點痴心，心中隱隱希冀死者復生，當時的我就是如此渴望著大夢乍醒。

該醒的人太多，但堂姊是不會醒的。我們帶她來到一個悠靜的寺廟，眾人合議替她挑選了一個位置，一尊尊的佛像都是一個個的故事，所有關於她的往日都要塵封深埋於選定的佛像中。把骨灰慢慢移到罈中，過程中，我緩緩蹲下執起意外掉落的，手卻抖得厲害，這是我姊，這就是我姊呀！一切都結束了，我們只能誠心祝禱，生死殊隔，願諸佛菩薩能夠渡化亡者。

往後我對她的想念像是失序的底片，只有在生活中不經意的片段，才會有突然的顯像。當我騎車時，特別害怕公車的輪胎，那一定很重很痛，聽大伯說，當初到醫院看到堂姊時，她的雙唇緊閉，法醫才發現她痛得把牙齒都咬碎了。又或者我看到她工作的房屋仲介公司、經過那家醫院……。每次看到滿樹的櫻花，就想到她柔軟溫淳的笑語，姊姊的名字就是「櫻月」，我們總喊她「櫻月姊姊櫻月姊姊」，就這樣喊著喊著，即使到了此時此刻，這樣的呼喊往往能夠成全我最深情的訴願。也是在無意間驚覺自己的行跡竟一步步陪在她的身旁，高中三年都在板橋，偶爾望向公車外熟悉的現場，我們用白幡和呼喊鋪一條回家的路，每一次經過都會激起思念的漩渦，不小心耽溺，同學就笑我太愁。

愁不是錯，錯在我將生之偶然視為當然，卻又以為死亡是生命的意外。

一個人的離去，是龐大的秘密，也是整個家族的遺憾，而遺憾產生之後，好像這個家就不再那麼完整，好像快樂也不再那麼乾脆。至今我們完全隱瞞阿公，只是擔心他羸弱的身軀禁不住這樣的打擊。這些年來他究竟知不知道事情的真相呢？他會不會是假裝不知道呢？阿嬤每天都會誦經，久了也就成為生活的一部份。當時，她放棄見堂姊一面，不讓阿公知道也是她提出的意見。她嘴上不說，卻總是為家裏每個人祈願，我也明白在她的心中，永遠不忘記幫堂姊多添點福氣的。就這樣一點一滴，自己的心也越來越寬慰。

在大家逐漸淡忘的時候，我才真正鼓起勇氣，向過去索取記憶，企圖覓尋和堂姊的互動。記憶在夢中，跟著偷偷長大，我長成了櫻月姊姊的年紀，而姊姊卻永遠也不老。

——發表於《幼獅文藝》六一四期YOUTH SHOW，二〇〇五年二月

走過死亡，與世界和解——導讀〈櫻月〉

宇文正

面對死亡，是成長最艱難的課題，也是最常被書寫的成長主題，〈櫻月〉是一篇典型的面對死亡之作，以追憶的方式，譜寫一首死亡之歌。

全篇籠罩著死蔭的氣氛，一開始就是年老阿公病倒、大哥在外打架鬧事、父母互相怨懟，整個家族戒慎迎接隨時可能降臨的風暴。風暴果然降臨，卻是全然意外地，來自與作者感情深厚的堂姊「櫻月」的車禍猝死。作品除了描寫櫻月之死，另一條支線則書寫敘述者自身的成長經歷。他的早產造成家族的經濟負擔，這彷彿是他與生俱來的原罪，導致他冷眼面對家庭的叛逆心態，與懂事的堂姊櫻月形成對比。體弱、叛逆者存活，健康、柔順者意外死亡，浮世人生，原本充滿著猝不及防的錯愕：而最難面對的，也正是這措手不及的永別。

作者面對死亡，從一開始的尖銳、憤世——冷眼審視周遭世俗的反應，「當全家人準備驅車前往殯儀館，鄰居問我們要去哪，不等爸媽回答便搶著說：『要去拜你！』」；到挑戰死亡——望著堂姊美麗的遺照，暗下決心要為自己「預留一張滿意的照片」；到正視死亡的真相——「把骨灰慢慢移到罈中，……我緩緩蹲下執起意外掉落的，手卻抖得厲害……一切都結束了……」；再到從死亡本身了悟自己長久以來錯在「將生之偶然視為當然，卻又以為死亡是生命的意外」，從而懂得珍惜生命，心，愈來愈寬慰了。層次分明的書寫，讓我們看到敘述者一步一步卸下心防、慢慢拆除冷硬的面具，終於有了溫度，有了熱血。作者以從容的筆調娓娓道來，佈局相當嚴謹有序。

寫死亡，很容易流於濫情，或耽溺於自我的痛苦，卻與讀者毫無聯繫。〈櫻月〉的作者能夠拉開一段距離冷靜凝視自己面對死亡的心態，誠屬不易。篇末，當死亡已成往事，「記憶在夢中，跟著偷偷長大，我長成了櫻月姊姊的年紀，而姊姊卻永遠也不老。」死亡成為成長的一個部分，櫻月姊姊不老的形象卻是成長過程裏一個美麗永恆的印記……讀到這裏，真的鬆了一口氣，敘述者真正的長大了，也真正的與這個世界達到了和解！

同名的故事

那已經是二十年前的故事。

當時有個小生命，可能是因為太叛逆了，在媽媽的肚子裏才六個多月就跑出來了。出生的時候，全身都還是呈半透明的，隱隱約約還能夠看到內臟，那時醫生只問了那位媽媽：「要不要救？」當然要救，這是出自於人倫天性的母愛，可是醫生卻不能夠給媽媽任何的保證。「太脆弱了。」是當時候每一個人對這個小生命由衷的惋惜，而得不到任何承諾的媽媽，只想到無論如何，總該為這個孩子取個名字，作為象徵性的「紀念」。傳說，在當時正紅著一齣愛情連續劇，由齊秦飾演的男主角深深感動了那位媽媽的心，索性就給這個脆弱的孩子同樣的名字，同樣叫做「伯軒」。那就是我，而這段故事先是由爸爸告訴我，剛聽完時，我笑說這理由未免太過於傳奇了，因而質疑爸爸編造故事的能力。後來我刻意私下和媽媽印證，卻與爸爸說的一模一樣，才願意安然地接受「伯軒」這個名字的由來。而每當有人詢問媽媽給我命名的由來，我總說起這故事，因為故事的背後，提示著人生的艱難：在我生命的初始，就遭遇了這種種的變動與不安。

我很早就明白，生命的艱難不會只發生在我身上，就像是不會只有我一個人名字叫做「陳伯軒」。

但在我求學的路上，倒真的沒有遇到與我同名同姓的人。雖然常常遇到與我的名字只差一個字的朋友，使得老師總要問問我們是不是兄弟，但真要同名同姓的人相遇而相識，只怕任是再大眾化的名字也不容易吧？而我卻始終好奇，這世界上，到底哪一個人有著和我同樣的名稱。

於是在幾年前，我在網路上用自己的名字作為關鍵字，搜索所有相關的資料。不搜索還好，搜索之下發現了一筆又一筆的資料，看到這麼多與我同名同姓的人，心中難免有點失落，感覺這麼名字平凡了、庸俗了。然而，我在一個個發紅的名字中，無意看間某電子報上的一則故事：「清晨七點多，一通驚魂的電話通知我『喂……喂！陳伯軒的家長嗎？我是永春高中的教官，你的孩子發生車禍傷勢很重，現在在仁愛醫院的急診室，請你趕快過來。』……」故事吸引著我讀下去，我竟然在意外中發現了曾經有個叫做陳伯軒的男孩，就讀永春高中，卻在一次的交通意外中往生了。

第一次讀完這個故事，儘管心中似乎有著一種熟悉感隱隱鼓動。我卻沒有去細究到底是怎樣的情緒在心中萌生，完全只是當作一則過時的新聞，讀過則罷。後來我也曾經和別人提過這樣的經歷，卻不是針對故事中的人物有任何的感動，純粹是為了表達我對自己名字的一種珍視與好奇，儘管只是個名稱，背後總有故事。

最近，我又一次在網路上搜索自己的名字，其實這樣的舉動不具有什麼特別的意義，那只是無聊之中，一種排遣的舉動。而我重新閱讀到幾年前我閱讀過的那篇文章，但是同樣的文章，不同的是，這一次我發現了一個網路上的個人新聞臺，於是我點覽了新聞臺，開始我對於整個故事，有了第一次的正式接觸。

自從故事中的陳伯軒往生之後，伯軒媽媽以 Juliana 為暱稱，在網路上寫下了一連串思念兒子的文章，後來集結成書，書名叫做《我儘量不想你》。我開始從網路上一開始的文章讀起，起初只是哀掉一個生命的消失，一個家庭的破碎，一個悲劇的產生。漸漸地，目光游標上上下下的游移，心中好像突然爆發出一股明顯而強烈的情緒，無以名狀的熟悉。尤其，在我看到伯軒的照片時。

伯軒媽媽在放上了一些照片，有的是全家福，有的是伯軒小時候，有的則是伯軒已經進入青少年時期的照片。其中當我第一次看到伯軒大約十六歲的照片時，立即旋入一陣悵然與迷惘之中。以我二十歲的眼睛，看著眼前十六歲的孩子，好像我看到其他的十六歲的孩子一樣，隱隱的稚氣未脫；然而他卻該是比我年長的，他卻該是我的兄長或學長之輩的，這樣的時空錯置有點魔幻……。而我仍然靜靜地望著伯軒的照片，我與他有著同樣的名字，也有過同樣的年紀，同樣的青春。

我和伯軒並不相識，而當我望著他時，心中卻有著一股情緒湧動。當年我第一次閱讀這個故事時，不也曾有過類似的情緒而被我粗心的遺忘嗎？能夠再一次相遇，我怎麼能夠不好好追索，究竟在我與伯軒的相視中，我得到了什麼？原來，我有著強烈的熟悉感，在整個大經歷的背後，竟然沒有一件事情是我所陌生的。

在我國二的那年，堂姐發生車禍而過世了，那晚我們接到這個消息，全部的人都傻住了。那種傻，不是片面的形容，而是打從心底難以置信，我們當然都知道人生而有死，但是為什麼會發生得這樣突然？甚至我每每質疑，如果必須得有個意外發生，為什麼也不願意給我們一點點的徵兆或提醒呢？所有的疑惑都是枉然，都無濟於事，濃得化不開的憂愁硬是被我們投入歲月的長河中，稀釋了，沖淡了，生活也似乎比較好過些了。

我百思不得其解，生命，為何如此脆弱？

過了五年，同樣的意外，竟然又是發生同學身上。而這次我卻相對地顯得比較淡然了，那份淡然不是計較於友情與親情之間的親疏，反而是在一切熟悉的意外中，真的會不知道該用什麼去面對。幾位朋友一同前往弔唁，只聽得同學的母親娓娓細數意外發生當天的情況，從同學早上起床做過的每一件事，講過的話，一再強調他出門只是為了買什麼早點，卻意外地發生了事故。結束了對談，我們一行人走出了同學家，一個朋友困惑地問：「怎麼他媽媽會這麼詳細地記住當天發生的事情呢？」「想必你是不會明白的，但我都懂。」我嘆了一口氣，想起了當初伯母對堂姊的追念，那個晚上的種種，也是這樣鉅細靡遺被記在腦海中呀。

或許在人與人之間的日常相處中，會自然而然地將身邊親近的記憶放入心中，外人無法覺察，而自己恐怕也不容易明白吧。直到有一天，只能夠依靠記憶去拼湊一個人或一件事，屆時任何一塊不起眼的拼圖都不能缺少的，因為終究要成全記憶中，最完整的那個圖案。

所以，伯軒媽媽永遠記得，意外發生的早上，伯軒連早餐都沒來得及吃。

我點閱一段段心情，用一個陌生的眼光，試圖拼湊出有限的文字之下，伯軒有著什麼樣的形象。他是活潑的吧，愛好運動的，想要從事電腦設計的工作。在同學的心中，他總是靜默，給人一股穩健踏實的感覺，感情豐富、正直而溫和。我也會藉由文字及照片的配合，想要試著認識這個與我同名的孩子，一個個性溫和的人，連笑，都溫文儒雅。

讀著伯軒的笑，我終於明白心中油然而生那股熟悉的情緒，是一種憐憫，一種不捨，一種「生命何其艱難」的感慨。

生命之難，有種種難。有可能是生命初始的難得，如同我出生時的嬌弱，誰也沒有把握小嬰孩能夠在保溫箱裏存活多久。有幸避開出生的危險，而在往後成長的路上，一步步都是走得戒慎恐懼，多怕一個意外留下多少遺憾。

而遺憾產生之後，好像這個家就不再那麼地完整，好像快樂都不那麼地乾脆，好像總缺少了些什麼，好像言談之間都成了有故事的人。

就像是媽媽給我命名「伯軒」一樣，有個故事。

就像是我在網路上認識了「伯軒」一樣，有個故事。

「陳伯軒」是我和他共有的名字。可以只是個稱呼，只是個名字，只是個不起任何作用的名相。然而，這也可以是一個很深、很遙遠的故事。

幽靈

抽出水果刀，將水果切成一塊一塊，一刀一刀慢慢地切，不費力卻很緩慢。我看著刀刃破口而下，那仔細放大的特寫鏡頭，特別地突兀。順手拿了張衛生紙，擦拭漬濡的刀面，瀏亮的光曲折地反映，這一百元不到的水果刀，怎麼能這麼好用？

畫面到了那視覺難以停留的刀鋒，刀鋒陡峭，目光實在難以攀爬。從刀身而下愈來愈薄、愈來愈薄，薄到一個臨界點，似乎就要脫離刀的本身而消失。但沒有，那極薄的另一層意義便是極端地鋒利。P = F/A，國中物理學過的壓力公式，在生活上處處可以印證。當刀鋒碰觸了皮膚，那細微的感覺在專注的觀想下，一定會更加明晰。說不定先是一聲「啵」，或者是「滋」，皮膚斷裂的聲音。然後血液湧出，一個小小的範圍，迅速累積。但那還不算是流血，因為表面張力的關係，那血鼓成一丸，愈來愈澎，愈來愈凸，也是到了一個臨界點，必然有一聲極微極小的「趴滋」，那一小丸血就這樣漫漶開來了……。

想像沒有停止，目光也開始漫漶模糊，眼前彷彿有一縷飄忽不定的幽靈，順著雙手捉摸的姿勢，時而纏捲，時而疏散，就是捉不著。那水果刀面映射的光芒，比刀鋒還利，我卻仍然定睛端詳，如同鑑賞寶物般流連，只單單一把水果刀也能熠熠生光。

我認識了幽靈，他寄居在我的身體。

以往也曾嘲笑這種憂鬱的人。在還沒有憂鬱症的概念前，好像不怎麼有人會說自己得了憂鬱症。結果呢，現在人人都自稱有憂鬱。我還一度分不清楚憂鬱和躁鬱的差別。只是冷眼旁觀地嘲諷，感覺憂鬱是一種流行，大家有事沒事都得追一下風潮。

我實在沒有辦法理解，那時，面對自稱有憂鬱症的朋友，看他那樣頹然蕭索，時而掙扎痛苦。「你到底在煩什麼？」「你想這麼多幹嘛？」我覺得憑著我的口才與人生經歷，不管他在煩惱什麼，我一定都能夠給予一些誠懇的建議與解答。可是，無論是學業、事業、感情、健康、財富、人際關係……，每次的回答都不一樣，真是令人氣結，沒事找碴，搞什麼憂鬱？

但再看看，那自我傷害的衝動不是一種矯情，或者，那也不是一種衝動。拆下百葉窗，把所有尖銳的器具全都收了起來，隨時跟朋友家人保持聯絡……，那一舉一動似乎都已經預見了自己無法控制的情境。我的疑惑與不解，依舊纏繞在心中——到底有什麼不能開解的？

此刻，我似乎有那麼一點輕微地明白。那就像是曾經在研究所課堂或是讀書會上，仗著自己的一點點淺陋知識夸夸而談。古代聖賢君子對於理想的生命境界是用體認的，不是用言說的。勉強志之，也不過是瞎子摸象般談到道的一個側面而已。道術為天下裂，文字怎麼能夠表述真實生命的完整狀況呢？

就是這個邏輯，當我也同樣收到相類似的關切：你在煩惱什麼？忽爾，耳聰目明，我更清楚地看到那渾屯不分的模糊。這個世界的真實原來只是一種模糊，我很冷靜，我不想笑，也沒有哭，我卻不知道有沒有煩惱什麼。但那一縷恍恍惚惚的情緒如同詭譎的靈魂，飄飄蕩蕩，對著我的不笑而笑，對著我的不哭而笑。

我抓取一把文字，學業呀，事業呀，愛情呀，不管有多少個咿咿呀呀的感嘆，多少的驚嘆號或文藝青年式的呻吟，都還是不足以描繪那晃來晃去的是什麼。每個部分都是真實的一部分，卻都不等於真實。絕大多數時候不覺得自己有什麼不對勁，但那水果刀面的盈盈亮光如此動人，那刀鋒提示著我印證從來都不夠優秀的中學理化……，蠢蠢欲動的念頭割裂了我的肉體與靈魂。

只是不同於世俗靈肉分靈的觀念。此刻，我更珍惜自己的肉體，身體自有其節奏與習慣。我可以感覺到自己的身體昂揚直立，不管再是疲倦，還是挺直腰桿，精神奕奕。我也試著做伏地挺身、仰臥起坐，也培養慢跑的習慣，去運動中心踩飛輪。我的肉體是這樣的健康而強壯，一百八十三公分的身材，令人羨慕。比腹肌更容易凸出胸肌，誘惑我穿上緊身的襯衫，然後更加地繃緊，更加的挺拔，更加吸引某些人的目光。

然而，無法擺脫的是下班時候，我一步一步走向捷運車廂，卻可以感覺到一種析離。肉體只顧著往前，靈魂卻停滯在原地。像是冤死的惡靈，沒有人替他超渡，賴在那裏動也不動。我回過頭去看他，他不像我肉體的五官鮮明，尤其最近特別自戀我飽滿紅潤的雙唇，靈魂沒有五官也沒有表情。我去拉他，他沒有形象也捉摸不定。啊，那飄散又聚合的，原來就是幽靈。根本幽靈就寄居在我的肉體。

他控訴著我的肉體的喉嚨很痛，因為在臺上對著學生賣力地上課。豐富的課程，仔細地盤算上課節奏與次序。喉嚨過度震動，卻喚不醒臺下一顆顆沉悶的腦勺。留給自己痛的咽喉，靈魂說不如割開，好好按摩按摩。確實，我常常會有在頭痛或是喉嚨痛的時候，出現一種很魔幻的畫面，把頭與喉嚨切開，好好安撫一下，就像是我會去給人腳底按摩一般。這樣子應該就不會痛了吧？但我清醒的時候也分明知道，我不會成為自己的割喉之狼。

那喝啤酒吧，冰冰涼涼的啤酒咽過，可以感覺到忽然的鎮定，感覺燥熱分岔的音聲得到滋潤。就像父親因為得了咽喉癌，食不下嚥，卻每天灌入大瓶大瓶的啤酒。勸也勸了，罵也罵了，他卻總說喉嚨不舒服，只能靠酒精麻痺，這樣才有辦法吃東西。這是什麼歪理，也沒有聽哪個醫生認可保證。就是在每次不同的門診之中，聽醫生意興闌珊地勸，聽父親千篇一律地辯。那時我便隨侍一旁，像是個罰站的小學生，只能尷尬地面對醫生意味深長的眼光。一副在說「你是怎麼照顧你爸」的表情。然後我欲言又止吞吞吐吐，喉嚨比上完課還要乾澀。所以日常相處，偶爾還是勸著點：爸，你就少喝點吧。可是我自己卻不知不覺一罐接著一罐。

我這才知道，有時漫漶有時清晰，或者和合，或者離析，這是我的身心。

還是想起了這則公案：有個人走在山裏，突然樹林中衝出來一頭老虎，對那人猛追。那人只得拚命地跑，跑到一處懸崖，完了完了，眼看沒路可走了。這時看到有根樹藤由腳邊往下垂，於是攀著藤掛在半空中，正當慶幸時，老天，看到兩隻蟲正在咬樹藤，顯然樹藤就快要被咬斷了……，此刻萬念俱灰，突然看見山壁上有顆櫻桃，紅紅亮亮的，那人不禁伸手去摘下那顆櫻桃放進嘴裏……。嗯，好甜哪！

飄散的幽靈雖然可怕，也只是偶爾出現而已。大多數的時候，安安份份，我的肉身自有其運作的習慣與節奏，我健朗的身體原諒了所有的思緒。

我抽取了一張衛生紙，將水果刀擦拭乾淨，吃了一口水果……。嗯，好甜哪。

——發表於《中華日報・副刊》，二〇一三年五月九日

記憶空白的地方

診所內燈光通明，醫師一邊溫言安慰，一邊將一大罐的藥膏搬出來。看著桌上的一尊小金人，我感到害怕，似乎生病的人會被扎得全身都是洞。但我更擔心的是當藥膏由臉上撕下的時候，非常非常痛，剝下一層皮的感覺。倒是粉紅色的藥膏非常漂亮，也很香，會有一陣青草味。剛敷在臉上的時候，冰冰涼涼的。醫生按照往例幫我把左臉頰的紗布拆下，阿姆在旁一邊安撫我的疼痛與緊張。「嗯……好多了。」醫生打量我的傷口，「再換兩次藥，應該就可以了。」隨後，已經塗滿粉紅藥膏的紗布，一整片伏貼在臉頰上，貼上膠布固定。阿姆帶著我離開診所，回到他們家後，「好去睏啊」，很快地哄我去睡覺。暗黑的房間，剛進去躺在床上，我好像什麼都看不到。但我很睏，本來，我也都是睡到一半，等到阿伯阿姆下班回家才挖醒我帶我去換藥。香香的青草膏味，緩和了我的情緒，我想家的情緒，很想念媽媽。

記憶鮮明之處，便是那陰暗的房間。小時睡覺不會關燈，因此，到了板橋阿伯阿姆家，才會這麼不習慣吧？這只是一種推理，真實的原因是否如此實難以判斷，深刻的還是那一股緊貼臉頰的膏藥味。每當有人稱讚我的皮膚滑嫩白皙時，我不免驕傲地撫摸自己細緻的臉龐，「天生麗質啊，遺傳到我媽啦。」「哎唷，誇你一句就自以為是。」「我告訴你，別看我皮膚好，我小時候曾被嚴重地燙傷耶！」然後，在對方來不及收拾訝異的表情時，必然補充：真的啦，我還去我板橋大伯家住了一個月，那在附近治療。

世界變得很大很大，我縮成很小很小。媽媽的麵攤總留著一盞昏黃的燈，麵攤分內外兩部分，裏面地勢較低，中間有兩格臺階。牆壁斑駁黯淡，上面有我大片大片的塗鴉，我還在牆上到處寫上歪歪斜斜的「請勿袖煙」，抹不掉的錯別字，著實讓我被嘲笑了好一陣子。

忽然的那瞬間，像是電影的特效鏡頭，無比放大，無比放慢，無比清楚。我矮小的個子往前衝，聽到媽媽大喊：不要過來！媽媽那時好高好高，像是一棵大樹，她正端著一大鍋剛煮好的熱湯。畫面忽然沒有了任何聲音，只有媽媽的那聲：不要過來！

這是真的嗎？痛，難道會被遺忘嗎？不然我怎麼連痛的印象也沒有？應當是有大哭，也彷彿確實大哭。客人立刻把我壓在水龍頭底下沖水，現場所有的人都慌了手腳，滾燙的湯這樣灑在我的臉上，這是真的嗎？

這應該是真的吧。六年級時，國語課寫作文。老師發了一篇範文，內容是說：爸爸，可不可以不要賣掉老爺車。老師要我們寫一篇類似的文章，我什麼也不會寫，就模仿寫了一篇：媽媽，可不可以不要丟掉大鍋桶。我不知道媽媽煮麵的那個桶子要怎麼稱呼，還特地問了老師能不能稱作「大鍋桶」。接著，我在文章裏頭寫了一句：「可不可以不要丟掉它，雖然是它煮熟的湯把我燙傷的。」莫名其妙的句子，卻意外延遲了記憶的消散。六年級，我六年級的時候已經知道追憶了。那這事情，縱然有些模糊空白，應當是確切無疑的吧。

興隆診所派來救護車時，我記得自己嚎啕大哭。我有哭，但我不是記得自己的哭。當我躺在擔架上被送上救護車時，車內如同車外的黑暗，麵攤暈黃的燈光勉強照映，我一直哭一直哭。就在此刻，媽媽慌張地在我的手中塞入一枚十元硬幣，急急安慰：乖，媽媽給你錢，不哭不哭，媽媽惜惜。當時我年紀太小，想來不能有太多深刻的思考。只是，這一幕，那塞入我掌中的硬幣，我是無論如何不能忘記的。

雖然，我猜想我應該沒有因為那十元就不哭。救護車就這樣開走了，媽媽沒上車，我也不記得她為什麼沒有上車。然後……接著呢？我是怎麼被送去板橋的？

不記得，一點也不記得。

總是在與別人誇耀自己皮膚有多好時，進入了這印象的角落，拾拼當初的圖景。分明發生的事情，那麼危險，那麼嚴重，如何能夠推得一乾二淨？當時年紀小，太小了，小到一個十元硬幣塞在掌心都有可能停止哭泣，這麼小的年紀，除了邊邊角角，我丟失了太多塊拼圖，我明明就知道這是一幅怎樣的故事，卻怎麼樣也完成不了。

事發現場，除了完全沒有印象的客人外，還有誰？弟弟在嗎，弟弟還沒出生。那麼，應該是發生在我幼稚園時沒錯。看來，最簡便的方式，就是直接向媽媽探詢細節，以補漏那遺失的空白。

媽，妳記不記得我小時候被燙傷？「哪有？」很嚴重啊，妳不記得嗎？我還有去板橋住一個月。「喔，稍微燙到，去敷個藥而已。哪有住一個月？」有啊，很嚴重，我還坐上救護車啊！「亂說，沒有的事。」

忽然間，我竟發現媽媽殘存的印象比我還少，她又信誓旦旦說，是我記錯了。

弟弟在一旁聽見我們的對話，加入攪局，指稱我總愛誇大其辭，有被害妄想症。「根本整個故事就漏洞百出。」

怎麼可能？

「那你是被燙到左臉還是右臉？」

當然是左……什麼？怎麼我衝向媽媽的時候她人在我右方，我被壓在水龍頭底下也是右臉，可是在診所換藥時，藥卻是敷在左臉？

「興隆診所這麼小間，哪來救護車？」

……

媽媽也跟著發難，你說麵攤牆上有你寫的字，但你那時候根本不會寫字……。聽媽媽這麼一說，我忽然想起，我很晚才認得字，在幼稚園因為不認得自己的名字被笑，很難過。那天，媽媽才撕了日曆，在麵攤的餐桌上一筆一畫教我寫字。

媽媽對我不斷地追溯與爭辯顯得不耐煩：「如果很嚴重，怎麼可能沒有疤痕？」

難道不是我皮膚好嗎？

「唉唷，你以為你天生麗質喔？」

我以為記憶空白的那幾塊拼圖，就在媽媽的手上。但是，越是爭辯，越是沒有信心。媽媽沒有幫我把遺失的空白補上，反而拆掉了我拼裝已久的輪廓。我分明記得那一次又一次地換藥。我分明記得一個月後從板橋回到景美時，媽媽一看見我就從麵攤跑出來，心疼地抱著我。我分明記得一枚硬幣在掌心的溫度。我分明記得，怎麼會假？

在往後的歲月中，甚至成了我不時回味反芻的場景。十元？那時我的年紀一定很小很小，所以十元才有可能成為一種安慰。滾燙的湯，不只是灑在我的臉上，也潑向媽媽的心底，她心急之下只想到能用這麼生活化的方式分散我的痛苦。在那當下，她安慰我的痛，卻沒人能安慰她的苦。一位為家庭任勞任怨、付出心力體力的麵攤老闆娘，把自己的孩子燙傷了。她會不會自責？她會不會內疚？只要我想到那場景，就忍不住為媽媽自責而自責，為她的內疚而內疚。而那枚十元硬幣，在我心中，就成了媽媽對我的愛最直接也最生活化的表現。

媽說，才怪。

「我們來玩警察抓小偷好嗎？」「好呀！」「你來抓我啊！哈哈，抓不到。」世界好大好大，媽媽也好大好大。傍晚，應該是夏天吧？我坐在隔壁鄰居門口的臺階上，轉頭跟旁邊的鄰居小朋友說。晚風陣陣涼爽，由側門追進了麵攤內室，沒什麼客人，我繞著桌子亂跑嘻嘻哈哈，朋友跟著亂追，但我就這樣快被追到了，在我們追逐奔馳的嘻笑中，有椅子被推翻的聲響，還有「趴趴」兩聲，清晰記得拖鞋拍打在臺階上，趁隙跑向麵攤外邊。哈哈哈，你追不到你追不到，我自顧自地往前衝⋯⋯。有拖鞋拍打在地板的聲音，有我的氣喘吁吁。太多的細節是一片空白，但在記憶空白的地方，我還聞一股粉紅色的青草膏藥味。

——發表於《中華日報・副刊》，二〇一三年十一月十日

輯三

有一種愛，不是源自想要佔據誰的心，得到誰的身體。有時候，那種仰慕的感覺，反而更像是一種征服的欲望。那個人，在自己的心中矗立，如此魁梧、高大、英挺，就像是一座高山，遮蔽了所有的明亮，留下了心中大片的陰影。然後，我才明白，如果要得到光明，要傲然獨立，那麼，那種愛將是我要超越的最後一座高峰。

茶思

我只是覺得慵懶。倚靠著床，隨手翻翻幾頁書，竟然就這樣睡著了。醒來之後我拿起了已涼的茶，披件薄外套佇立在陽臺邊。午後，黝黑的地面透露了微雨的消息，巷弄之內沒有任何的行人，偶爾從鄰戶或不知何方傳來了許多聲音：手機、鬧鐘、刷洗衣服、機車引擎、工人用鏟子攪和著石沙、簷上墜落的一滴雨……，總之感覺不到吵鬧，卻又不是全然的寧靜無聲。

無論從什麼角度望去，盡是蒼茫的浮雲團簇，沒有任何一點的清朗。我靜心尋繹著一切，似乎今晨發生的事情卻在一覺清醒之後，恍若虛無。早上從朋友家出門之後，我便提醒朋友要帶雨具，看來可能會下雨吧？其實一早的天空似乎沒有任何下雨的徵兆，卻有大片大片的陽光灑落，但我明白那陽光是種欺騙，否則我不會感受不到一點溫暖，反而覺得冷。

我一步一步跟隨著朋友的腳步前進。那像是送別，我陪著的確要遠行的朋友往公車站走去，弔詭的是，我心中所以為的遠行其實只是遠我而行，朋友不過是趕在春節之前返家過年，他歸家的歡愉釀成我送別的愁緒，一旦從心中漫上來我隨時都可能滅頂。而那一段沉默的陪伴卻又不像是送別，我們之間沒有任何協定誰要送誰，誰要給誰送，我只是跟隨著他的腳步，而湊巧地，那個方向也是我回家的方向，那麼我究竟是送一位外地求學的遊子上車，或者，只是留宿他家一夜之後，選擇在這天清的涼晨返家？

所以我想起你。你知道了定是笑我痴傻，你一定會問我如何從為朋友送行的一段路想起你。也許真的沒有必然的邏輯因果關係，可是我又不肯否決自己任意馳騁的靈感想起了你。低頭啜飲著涼涼的茶水，天冷風冷茶冷，我一個人的體溫怎麼能夠分擔外在環境如此鮮明的冰寒？

就這麼一口茶，我知道自己如何聯想起了你。

「受到他的邀約，決定一同前往木柵貓空。去貓空？心中疑惑著，真不像他的作為。更誇張的是，這一次的約會沒有別人，只有我們這兩個從未去過貓空的傻瓜。……實在是對於沒有去過的地方，很難有準確的方向，我們前前後後不斷地換公車，不斷地問路，當然也不斷地聊天，不斷地希望車子的到來。終於等到上山的小巴士，卻已是距離出發兩個小時了。車子搖搖晃晃地駛在巔簸的山路，雖說一路上有說有笑，但依然無法讓我忘卻暈車的難受。終於我們決定乾脆下車步行。」

文字的本身也許沒有什麼目的，只是記載了當下的感情。那是我寫下的〈茶思〉，雋刻了不知目的、不知所以的感動，甚至單純到了淡乎寡味的地步。文字的本身想來你是閱讀過了，尤其在那一次老師將這段文字從我的週記中竊取出來，公諸於佈告欄之上，此後，或許還有多不相關的眼瞳盯著薄薄一紙的自言自語，他們或許也曾經想要一眼看穿，卻什麼也看不到，並非語言過於貧乏而無法承載我的心情，而是為文的初始，我已多作保留了。或許也只有經過歲月的鍊鑄，我才能夠明白受到你的邀約一同前往木柵貓空的一切，愈益鮮明，愈益深刻，而這一切細微的感情變化，卻是你一直以來無緣得知的。

我永遠耽溺於當初我所感知的一切景況。

往後算來的日子，我也和不同的朋友去過貓空，可是從來都沒有遇到過我們當初一同前往時類似的情景。那是清明春雨的時節，步行山間的我們沿著山路直直地走，臺北一城煙波起斂，冷雨濛朧。

「沿著山路直直地走，山上的空氣果然不同凡響，……沐浴在柔細的雨絲中，彷彿天降甘露，洗滌我鎮日湮沒於凡塵的軀殼，好教我的靈魂有個更淨潔的寄寓。往下望去，視線所及，整個臺北城都網入了霧氣之中……。」

的確，此後在有限的次數中，我沒有在貓空看過類似的情景了。甚至我也沒有找到我們一同停駐的那間茶坊。

「約莫片刻，遇到了一位開車賣花的先生，那位先生好心告訴我們已經到了路的盡頭了，於是我們停下了腳步，與先生寒暄了幾句……。就在附近，有家名為『忘塵軒』的茶坊……，裏面除了老闆以外，只有我們兩個客人，我恣意挑選了一個位置坐下，環境非常清幽，向外望去，是層層疊疊的山，山的表層漫著薄紗似的霧，雨淅瀝瀝在簷上，又比剛才大些了。當一切都就緒之後，他便開始教導我如何煮茶了；他仔細解釋每一個步驟及每一樣器具，我專注地聆聽著，不僅是聽他的說明，也聽雨的聲音，偶爾間雜著鳥鳴與我的呼吸。畢竟在如此安靜的環境下，只要稍有動靜，沒有什麼是聽不見的。」

多情如我，生命中一旦遺留了至深至真的情感，或許一輩子也不願意棄遺吧！於是，「忘塵軒」三個字便成為了我對於「木柵貓空」最直接的反射聯想了。

終於，我看見了。三年後，木柵貓空。我，和那位遠行的朋友。

朋友的親戚住在那裏，一次偶然地邀請，我們騎車上山了。那或許真的是一個吸引我的地方，每次到貓空都會一次又一次去回憶第一次來的情況，而這次的天氣晴朗，遠山的夕陽餘暉讓我覺得非常地平靜。哪一條路是我們曾經步行過的呢？一直覺得上山的路一定不只一條，那麼真要隨著偶然的造訪去尋找過去的蹤影嗎？我以為很難，但是我不死心呀！於是仍然企圖去尋找我們曾經停駐的那一間茶坊。

車漫行於蜿蜒的山路，此時此刻，你在何方？朋友當然也料想不到我的思緒能夠如此翻飛，不然我應當請他停下車來，讓我暇觀夕照，靜靜去感受多少日子以來，時空無情的遷移。畢竟我沒有多說什麼，縱使有再細膩的心思，想來朋友也難以體會我這突如其來縹緲的感觸，更別提及那對你難以名狀的思念。

一個岔口豎立著許多招牌，我就簡單地看到了過去想要試著尋找卻失落的那三個字——「忘塵軒」。我一心的期待竟如此簡單地找到了，這樣的輕易似乎缺少了戲劇性。一會兒，那熟悉的山影門面掠過的我眼際，就是這樣子嗎？當初我們隨意就進入了這間茶坊。我感到了悵然。找到了，又如何？

車繼續前行，不遠處停了下來，我和朋友到了目的地。

人生的際遇多麼奇妙，會不會當初我和你多走幾步，就走到了現在身旁這位朋友的親戚家呢？如果時空可任我錯位，那我和這位朋友回到我們過去一起用茶的位置，可以遇到當時鬱鬱寡歡的你嗎？在當初誰能料想的到，這麼近的距離，會有一個人在三年後成為我大學的朋友，就如同我無法預料三年後，會有什麼人成為我的朋友，而他此刻又在何方。

三峽，清清冷冷的午後，眷戀著一杯不忍棄捨的冷茶。

「送他到捷運站，我便要搭乘公車回家了，他離去的背影並未走遠，我卻已往公車站大步邁進。公車站在一陰暗的角落，我聽著快要沒電的隨身聽，被寒冷的風吹著，捷運站上進進出出的列車，施捨這陰暗的角落些許的光明。陰暗、寒冷和孤獨圍繞著我，我不由自主的害怕了起來。他，大概走了吧！突然，我意識到自己根本沒有耐心等待公車，因為實在不喜歡這陰暗的角落，於是衝往捷運站去，等到手扶梯把我運上候車區時，我赫然發現，他尚未離去，於是，我驚慌地逃離，並且等待，直到我也乘捷運到下一站，便轉公車回家了。」

太遙遠了，因而我無法追憶當時送你至捷運站時的心情。與我送那位朋友時的心情一樣嗎？送行的心情總是複雜的，如果不是真切的不捨又怎麼會步步牽念，步步牽念著該說些什麼告別或珍重的話，牽念著該有怎樣的表情或姿態。幸好，我的人生算是稚嫩的，除了來不及傾訴就再也無法見面的之外，尚未經過太多太深的別離，既然知道還會相聚，那麼臨別珍重的千言萬語也就暫時保留了，只是輕輕地說聲：「bye bye」。

對你，對他，對可能離開我的每一個。

當我披著薄衣感覺微冷的時候，我思索著今早在車上向我舉手揮別的那個人，現在究竟是在火車上還是已經到家了呢？因為想到他及他的一切，所以想到貓空，又從貓空想到你身上了。這樣的念念遷流，將生命中不相關的人擠壓在我有限的記憶體中。個別獨立的每一個，像是不同顏色的黏土一樣，可以任意塑造成不同的形象，如此鮮明而具特色，可是一旦時空錯移而混在一起，黏土的顏色越多元就越容易造成失調的慘淡與毀敗。

生命的有限，總不允許我們容納太多太繁複的人事，我和你和他和每一個人都一樣，像是行星繞著冥冥之中的軌道，我們服從軌道、崇拜甚至信仰，有了生命的軌道起碼不需要漂流，可是遵循了軌道的運轉，我們無時無刻不在轉彎，而在每一個轉彎的同時，離心力使我們不得不拋卻無法帶在身邊的許多許多。於是在人生的道路上我永遠緊抓著現在與過去的兩端，決不輕易鬆手。另一方面，對於所有離別時的承諾與祝福都持保留的態度，因為我能體諒，一個人的力量太單薄，如何能夠與歲月抗衡？真能夠執著曾經的依戀，那畢竟是少數呀。

往事是逐漸冷卻的一杯茶，除非願意注入熱水使它愈沖愈淡，否則既然要保持原味，就得接受茶水的熱度會散逸於大千世界的道理。

或許可能有點悲涼，但捨與不捨都不過只是一種選擇。於是，我仍然在天涼微雨的寒風中默啜著冷茶，倚靠在陽臺上，分分秒秒依循著自己的軌道運轉。雨顯然有加大的趨勢了，低頭看著茶杯中尚未飲盡的，那不再是濃郁的香茗了。我低聲輕嘆，那什麼都不是，那是漬漉生命之中，任憑再怎麼強烈的離心力也不能使我鬆手的，悠悠的茶思。

——發表於《幼獅文藝》五九六期，二〇〇三年八月

天竺鼠會不會飛

潘彥廷

伯軒：

你蠻閒的嘛，閒到一杯冷茶都可以想這麼多，看來這個冬天的確不夠冷。既然這麼閒，就跟你說說我的最近。

最近開始拍攝學長的畢業製作，我飾演男主角——小光。一開始，我就希望能讓自己變成小光，他是個不滿現狀，有勇氣卻沒有能力改變的人。於是開始旅行，他要甩掉舊有的一切，包括情感，後來遇到一位他以為就是他要的她——芬。在短暫接觸後，小光被芬的一切給吸引了，全然掉到芬的世界裏。最後，芬只是光的夢，因為芬早有了另一個他。只因他們相遇時被美麗的錯誤矇騙，芬打從心底不願騙光，但當一個人離開某個地方久了，還是會想念，於是，芬成為光最美的撒旦。光奉上自己的靈魂和情感，得來的是「相信」的殘酷代價。

為什麼「相信」會帶來殘酷的代價？劇本的名稱是〈如果天竺鼠會飛〉。重點不是世界上到底有沒有會飛的天竺鼠，而是你相不相信。很多人說，只要相信就會有奇蹟出現。可惜，我不信。因為世界上真的沒有會飛的天竺鼠。不過很多時候，我們都用因果錯置的方法來建構假象，然後憑著老舊的記憶，於是它便成真。歷史無法記載於空間這幅膠捲上，所以它被人們用聲音、文字、圖片等方式記錄下來，而小光選擇用自己的方式記錄——假造的記憶。於是他成為「相信」的犧牲者，無法接受的後果是極端與質疑……。所以我覺得「相信」會帶來殘酷的代價。可是「相信」也可以讓人很幸福不是嗎？於是我應該去尋找「相信」的條件和前提，那是多麼地重要啊！我再問，「相信」的價值在於前提和條件嗎？我想，價值在於你去尋找的過程。於是我不斷地做功課，只求自己對自己負責……。

我在一次拍攝過程中，因為情緒突然出現，所以一兩次就將一鏡結束了。後來我跑到廁所裏，不知道為什麼就哭了，我一直找一直找，才發現原來我哭的原因是因為我找不到哭的原因。真的很可惜，在這灝灝的大千世界，竟然沒有一個是我哭的對象，不是花、不是草、不是她、不是任何人事物；當我望著夜景時，竟然找不到分享的對象……，真的真的很可惜。我試著讓自己的情緒反應具有可逆性，也就是說盡量單純。遺憾的是，我又失敗了：當我哭時，不只因為想哭，卻是想讓自己觀察自己哭的時候是什麼心情……，像是一種噁心病態，可是我吐得心甘情願。而我不斷在劇本中尋找「相信」，因為它主宰了小光的眼神，可惜，它主宰不了我。（接下來的文字，我原已打好，結果尚未存檔前word竟然出現問題，於是最後一段心血全白費了。因為每一字句我都想過，所以不想重打了，重打也無法表現出我要的。）總之，我覺得想小光很智障，智障到極點。不過我也很樂意當個十幾天的小光，因為，難得糊塗呀。（不過我個人覺得這種糊塗比不上人情世故的糊塗。）

這是最近的一些小心得，希望能帶給你一點點感觸。

說到三年前我倆的貓空，我也覺得只有那次才叫做「貓空」了。那天飄著慵懶細雨點綴我們的思緒；迷霧徘徊在樹枝間提醒我們有這樣的下午；陣陣清脆的鳥鳴讓我們繾綣……，實在是很讓人迷戀。為了減輕包袱，我只能珍藏第一次，其他就屬多餘的了。

Thanks for your reading!

潘仔　2003/01/30 02:36am

武陵農場的約定

他消失了。

好久沒有看到他上線，是某一日驚覺之後，才循著他MSN上的mail，寫了封簡短的信，卻依然毫無回應。幾個月過去，他到底去哪了？過得好不好？諸如此類的問題困纏我日常的生活，往往是無意間的一點靈犀，讓我惦記著他。偏偏他的電話號碼被囚禁在我那泡濕的手機中，彷彿聖經密碼一般，再也未能解開。

我們初識在春末夏初的時節。或許他洞悉我被動的性情，於是主動打電話給我。本來，與朋友在電話中聊天並非奇異的事情，但電話從右耳換到左耳，又從左耳換回了右邊，話題滔滔不絕地流過了時鐘上的分分秒秒。好幾次我以電話費昂貴為理由，想要結束談話，他卻屢屢回說：「這沒關係，我有打工，有收入的。」那是我們第一次的通話，足足三個小時。用手機聊三個小時，在我的想法中，並不是一種健康的行為。高中的時候，有一個朋友被退學了，轉學之後，也許並不適應新環境，也曾在晚夜的宿舍用手機與別人聊了兩個多小時，這個聊完換下一個。當這位朋友事後轉述當時的行為時，給自己下了一個註解：「可見多麼寂寞！」

可見多麼寂寞？在我與他那次三個小時的長談之後，也這樣偷偷思考著他。我想這應該不是自己一廂情願的臆測，從我們的談話中，得知他的家庭狀況不是很好，與姊姊相依為命，姊姊出嫁後，便一個人在外工讀賃居，命運的困頓使他自我要求頗高，頗獲上司的賞識。

無論他有著怎樣曲折的故事，我是無法與他天天聊上這麼久的。表明了自己的態度之後，我們改用MSN、email聯繫，而其實在我心中，真正要說的不是替他省下電話費。生活的寂寞不該是靠著朋友的陪伴而排遣，如何面對真實的自我，以踏實的生活，那才是真正重要的呀！或許我也在忙，也有自己的愚昧無知，竟未能好好把想法表達清楚，只是在每一次MSN的對話、email的往返中，無意敲打出冷淡與不耐，漸漸地，他email不來了，MSN也不上了。

之前，他約了朋友一起去登山，希望我可以參加。登山是他的興趣專長，每次談到，就快樂自得如孩子般天真了起來，不再有那麼沉重的壓力了。我曾收到他掛號寄給我的一疊照片，是他拍攝的山景，照片大概有些日子了吧？那種泛黃，使得他的臉龐，隱隱有著不同於學生的一種額外的蒼涼。我自然是拒絕他的邀約，理由是課業繁忙，理由是登山所需要的體能恐怕是我不能負荷的，理由是……，也許真正的因素，是我害怕面對他所帶來如黑洞般的空虛。

而此刻，我卻找不到他了。

他ＭＳＮ的暱稱：「武陵農場的約定」已久未更改，難道他決意封鎖住我對他的冷漠？在武陵農場有著什麼約定呢？和朋友嗎？能讓他快樂嗎？種種疑惑在我腦中翻騰，也翻開了滯留抽屜的信，沒有留下什麼地址，裏頭除了登山的照片之外，還有一條幸運帶，他自己編的。

我將幸運帶別上背包，祈禱他又突然出現。

——發表於《自由時報・花編副刊》，二〇〇五年三月十一日

空號

我有著深沉的無力，先是咀嚼兩包淡甜的橡皮軟糖，一包葡萄口味，另一是綜合水果。跺到床邊，打開音響，和衣躺下。頑韌的夜我無論如何都無法消化，算了，讓滿室的黑，輕輕覆蓋我，懶得翻身，我忘了刷牙。

也是這時才知道，「無力」竟是一種真實的「擁有」。

音樂隨著情緒流動，手錶一秒秒敲著節拍。我還沒入睡嗎？錄音帶儲存了四年前的聲音：A面前半段是同學借給我《人間四月天》電視原聲帶，挑了只有音樂的幾章，照著自己的順序供養著。接著加上了一首江美琪的〈我多麼羨慕你〉，這是整捲音帶中唯一有語言的一篇。當年永遠不會停止，緩緩走過來的，是我在書局買了一本《小王子》，附贈一章音樂CD，被我按照秩序安置在錄音帶僅存的空間，從A跨越到B到結束。B面，在記錄歲月的瞬間跳針兩次，所以幾年來我只能跟著閃躲，而在瞬間中斷又立即順暢的留白中，納不下龐大的過去，按鈕自動跳起的剎那，「喀嚓」。

每個音符原來有自己的名字，不過ＣＤ流到哪裏了？換過多少音響，不斷以COPY的聲音和我相依為命，應該有一頁是訴說「只有四根刺的玫瑰」，或者演奏「馴養狐狸」之類的吧？名稱錯漏，而後半的後半的更後面，來不及編纂而失去聯絡的，算是亡佚了？

有好一陣，我用這捲帶子譜出生命的藍圖，那是我激越、熱情的力與美，一舉手、一投足，展現充滿詩意的靈犀。後來的生活，我用這捲帶子激勵自己，按照著節拍，用跳躍的音符堆砌碉堡，好幾次從暖暖的被窩中彈到書桌前，埋首卷帙、振筆疾書，在不得不振起的時歲中杜絕消沉，狠狠詛咒自己，再耗盡氣力對抗咒語。

所以才會無力？怎麼現在聽得入神，卻連闔眼的力量都失去？

拿起手機，用音標一一撥出我的悸動：「深切的孤寂。早已失去了當時的激情與夢想，冷眼旁觀，總有一份索然。不能再有任何的許諾，因為循環的傷感早已了然。」午夜的訊息，不知該送達給誰。誰？759160，誰？在還不只是一串數字的時候，那是親友下意識中的我。自己的心情就被我丟到漫漫的通訊網路中，漂流。這個號碼被我下令廢除了，要講的話沒有人能聽，只能流浪。

早是滿室的靜寂傾洩而出，掩蓋所有的聲音，我睡著了嗎？是不是也把自己丟到一個無人接收的空號中，無盡地漂呀漂……。「對不起，你所撥的電話號碼是空號，請查明後再撥，謝謝。The number has not been assigned yet, please check the number and try again, thank you.」

彳亍

錶骸

匡……啷……匡啷。以幾乎殘忍的姿勢，霸道地將右邊第二格抽屜直接往地上傾。堆滿一地的底片、信件、充電器、螺絲起子……，各種物事拼成我一張啼笑皆非的猷滯。若不是下定決心發憤用功，才不會想到先找個整理房間的理由來搪塞；若不是整理房間，我絕對不會面對因疏懶而堆砌眼前這座不成邏輯的雜什山。經過一番歸類分放，才發現空的抽屜又滿成匪夷所思的百納盒，顯然並沒有比較整齊。

正當汗水從髮際滲出，灰頭土臉疲憊氣餒的當下，赫然發現一個……，不，兩個……三個、四個、五個……，總共有九個手錶。坦白說，這九個應當不能稱作手錶了，既然它們已經損壞至再也沒有綁在手上的可能。這一個個的，都是壞了的錶，靜靜團成一坨又一坨的扭曲，加上塵埃滿覆顯現出慘敗失調的顏色。「垃圾」、「廢物」，它們就是成這種姿態，在你們或是更多其他人們的眼下。

可我安藏它們已經一年兩年五年八年，已經好多好多年了。

停在01:29的，是藍色漸層的錶面，外觀略顯橢圓，秒針是一個圓盤上對視的兩隻海豚。想必是對時間尚不需錙銖計較的年紀，那兩隻海豚使我永遠搞不清楚秒針到底該指向那一方。這只錶是在景美夜市找到的，那時的我才國中，正處在成長與課業兩股壓力編織的焦點上，總是氣若游絲地哀嘆生命的虛空與脆弱。某次段考，我發現兩隻海豚不再悠遊於湛藍的時間海，年邁的時針舉步乏力，心中竟升起一股懵懵然的領想：時間縱然如流水，而停止的錶卻能封住記憶，亙久綿長。

膠藍錶帶的這只，是國中老師的贈與，或者也藏有她的某些期許？素白錶面的，是高中室友給的，那時前往上海參加兩岸學生交流活動，人民幣十元就能購得美觀實用的手錶，同行的朋友真是見獵心喜瘋狂採購；而今錶面雖然仍舊簡單乾淨，錶帶卻從明艷的彩色褪成黏膩的漬黃。

曾是最珍重的哀傷，停在07:25，整隻鐵黑的手錶，在一個失去戀情的夏季。總覺身上該有些什麼作為證明自己價值的東西，於是砸了上千元，在公館一家專賣店購得的。沒有任何數字，只有時針分針，就連顏色都是一片俐落的黑。

雖然這只典雅的手錶替我吸引許多目光；卻不知何故，S型錶帶竟裂成七段，彷彿成了我所有厄運的隱喻。終究只能被我收藏在書桌右側第二格抽屜，走針便在多少個不及回首的日子中漸漸凝結為一個向斜的鈍角。

到底，我是先愛上錶骸才願意擁有錶的。

那些鏡面破了的、錶帶裂了的、顏色髒污的、秒針斷折的……，那些停在02:59、06:00、06:36、07:45、08:49，也許有天我的錶骸鋪排出一圈寧靜的時間，屬於我自己不再逝去的，靜固的歲月。

——發表於《中華日報・副刊》，二〇〇六年六月三日

聲聲慢

此夜輕輕

深夜的公園，只剩下三三兩兩悠哉如我的行人。我坐在鞦韆上，隨意搖盪。晃呀晃呀盪呀盪，鎖鏈上頭規律反覆的聲響，成為靜謐的夜空唯一的音聲。眼前的場景，也跟著盪出了波紋，由外而內，由遠而近，彷彿想起了什麼——

我是喜歡盪鞦韆的。雖然住家的公園沒有鞦韆，但是卻在鄰居的後院有，他們自己搭建起來的兩個鞦韆，一高一矮，原先是用木板，接著不久又改成用輪胎。那個後院是我們打籃球的地方，在我還沒有打籃球的年紀，就盪鞦韆。我很能夠抓到訣竅，鞦韆往前行時手就往後拉，待鞦韆回過來時，手又得往前推，不需要有人推助，我一個人或站或坐，總能把鞦韆盪得極高。

三年前原本打算為小翰寫一篇文章，定名為〈鞦韆〉。三年過去，文章卻從來沒有完成。當初摘取了這個片段，Derek讀了之後頗為喜歡地表示：「文字有很吸引人的力量，每每看了你的文章，都可以想像畫面出現在眼前。就連把鞦韆往前推的手，都似乎隱約看的到肌肉擠壓的痕跡。是種享受。」

與歲月共舞，一個迴旋，Derek跑去了澎湖隱居，而小翰消失在天涯何方？

我仍然在鞦韆上輕盈晃盪，不同於兒時那樣追求速度與高度。大概是童年不甘於幼小，所以什麼都要快快快，打個鞦韆也要比人強；到了不敢言說的此刻，倒是想像自己成為一灘養石的清泉，用鞦韆畫出一道盈盈漾漾弧曲。無所謂激昂或優雅，恰如此夜，輕輕淺淺。

明月如霜，好風如水，清景無限。

夜雨

不知道此刻的驟雨是否灑在你的夢境，滋潤著甜美的記憶在幻境中逐漸滋長、茁壯？

有時候我就這樣被雨聲驚醒了，淅淅瀝瀝擊在屋頂，有一種灰調的熱鬧。但也許正是這股喧囂，反倒映襯出許多人漫漫長夜的孤單心境。

清代文人蔣坦與才女秋芙有一則傳為美談的故事。院子種了的芭蕉葉大成蔭，秋雨滴瀝，善感的蔣坦不忍聞之，於是一日得閒在芭葉上題詩：「是誰多事種芭蕉？早也瀟瀟，晚也瀟瀟。」隔天，見到芭葉上續了幾行詩，正是妻子秋芙寫的：「是君心緒太無聊。種了芭蕉，又怨芭蕉。」

我很喜歡這個故事，夫妻鬥嘴實在有一番趣味。種了芭蕉又怨芭蕉，大概也很能說明很多時候，我們所有的煩惱都是自找的，原本就已存在的現實，就看我們如何理解。

不過，我更想和你分享的是唐朝詩人李商隱的〈夜雨寄北〉：君問歸期未有期，巴山夜雨漲秋池；何當共剪西窗燭？卻話巴山夜雨時。

說的是，何時我們能夠剪燭西窗，促膝長談呢？也許在難得見面的時刻什麼話題也不說，就只說說這一夜漫天而來的夜雨，怎麼潑在我們的心上，潤澤無邊的夢境。

聲聲慢

睡眠是一種修行。

聽一位篤信佛教的老師說，人往生之後，會成為中陰身。在中陰身的狀態下，心念啟動的瞬間，會影響轉世投胎的結果。老師告訴我們，中陰身的狀態有點像是夢境，充滿了流動與不定。因此，如果在作夢時能夠自我覺察一切只是夢境，就如同處於中陰身的狀態下，還能夠自由自在，不受業識突發之苦而起嗔恨心。

可惜嗜夢如我，大概無法修行吧？噢，應該不能說嗜夢，畢竟那作夢也不是我願意的哪。我很能明白過於纖細敏感的心思，如何影響睡眠，主導了另外一個虛無飄邈的我。常常睜開眼睛，夢境的故事還歷歷在目，趕緊溫習一下，那另外個我方經歷一場驚心動魄的生死愛恨。

無奈的是，夢醒之後才知是夢。

但是這浮世人生，你說說，可有夢醒的一天？倘若真有夢醒時刻，屆時，在「真實無妄」的世界，你和我，我和你，我們之間會按照夢裏提示的軌道緩緩前行嗎？

突然又叨擾這些，其實是我失眠了。連向來親近的夢境都逐漸遠離，我只殘餘疲憊的肉體與粘滯的思緒。而你呢，此時此刻是否有夢？倘若有夢，夢境之中可有我於此孤夜悠悠喃喃的聲聲慢。

同醉

也不知道從何時開始，我還蠻迷戀酒精帶來的輕鬆。

這兩三年開始發現生活不同以前那般單純，現實生活的種種困厄及壓力排山倒海接踵而來。寂寞。孤單。孤單。寂寞。寂寞又孤單。孤單又孤單又寂寞又孤單。這一連串非僅是現實生活的感受，亦是對漫漫人生的領悟。或許正因如此略帶苦悶的心緒，讓我懷念酒入愁腸，微微醺發的自在。

我還是沒什麼機會貪杯，一個人飲酒未免加深了本欲排遣的寂寞。但是要和誰呢，酒過三巡，在我看來是多麼私密的事情。除非是至深切至親密的知交，否則輕易展現那股酣然，豈不令人羞赧？

感情，多麼難以言詮。何況，還有許多的顧忌。

我常常希望能夠有個能夠陪我喝酒的伴侶，那個人必定是可以託付的對象。這一夜，好風如水，至少是這一夜，可以讓我或者淺酌，或者豪飲，讓我或者絮聒，或者默然，即便不省人事，我也明白對方依舊在那，守護，等待，聆聽，或者……，同醉。

外人眼中的醉意，其實是自身最大的清醒。

縱使早已不復當年的青澀，這世道也不是按照我所理解或想像的那般運轉；但我相信，當款舉金觥，相互勸歡，無論是三分的酒意或是七分的頑皮，那時的我，想必是最乾淨的。

可及的想像

清早一陣鈴響，驚醒了我。沒有來得及接上電話，卻也不想回覆。扭開暈黃的桌燈，和在棉被裏，繼續賴床。

朦朧間，彷彿進入了夢鄉。

來日，憑著堅定的信心與努力，重返學術之途，我便承租他留下的空房。把我滿室的書籍移藏過去，白日也上課，也教學。夜深了，返回家門先是陽臺滿滿的植栽熱鬧地寧靜著。

窗口一如往常透出澄黃的燈光，或傳來他辦公的聲響，或傳來他與情人的嬉語……。若是在廳堂或廊道相遇，必要收斂起過去的記憶，點個頭，問聲好。知道他好，也讓他知道我好。這便是我的夢想，遙不可及的想像。

——發表於《更生日報・副刊》，二〇一〇年四月二十九日

遺　忘

又是凌晨快兩點，輔導長室暈黃的燈光稍弱，我準備回到寢室。打開手機看看時間，已然夜深如此。安全士官對著我苦笑，像是想慰勉又不知如何說起。深夜幽暗的樓梯口，只有背後安官桌上微微的燈光無力地推開濃厚的夜，讓我依稀辨認階梯。口袋突然一陣震動，手機發出的光亮一時感到刺眼，透出外套，是簡訊。當我反射性地收讀簡訊，再回頭看看，來自一個陌生的號碼——

「對不起，我傷害了你。我不敢祈求你的原諒，只希望將來的日子裏，你能過得好。」

是誰？是誰傳來這封道歉的簡訊？難道是詐騙簡訊嗎，那種誘人回撥，其實從中扣取高額費用的陰謀不斷上演；或者是廣告簡訊，時常都有充滿暗示的簡訊無聊地逗弄我的手機。但，如果不是詐騙或廣告簡訊，那到底會是誰？漲滿的好奇心反覆思索，是最近連上因業務而跟我起衝突的弟兄嗎？他又何必費心換個我不知道的號碼。那到底會是誰在深更半夜傳來這突兀的歉意？

當下的心情，多年後我才稍稍釐清。當我反覆思量，與其說想知道「到底是誰傳來的」，不如說是想明白「對方傷害了我什麼」。突如其來的致歉，一瞬間我似乎變成了受委屈的人。受了委屈，也許可以大方指責對方的不是，也許可以顧影自憐般地博取他人的同情。也許，能夠從容不迫地原諒了別人，而展現自己高雅的風度……。這些複雜的念頭，雖然不是當下一一具現，然而當時那一股隱隱約約的情緒，似乎雜揉了許多的可能。哪怕只是一瞬間，都使我更想知道到底發生了什麼事？

躲進被窩，深怕手機的光線影響旁邊已經入眠的學長。我按照手機號碼回撥，忐忐忑忑，會不會根本沒有人接聽？念頭才出現，電話就接通了。

我小心翼翼地出聲：「你好，我是……」「我知道。」我才報上名字對方就篤定地截斷了我的語氣中的刪節號，但這份確定又引起我更大的好奇。他知道我是誰？那麼這應該不是傳錯簡訊。也許，我可以藉著聲音辨識他的身分，進一步聯想我們是否曾經過任何糾葛或衝突……。但，「我知道」這三個字接著的是橫陳在雙方間的寧靜尷尬，線索實在太少。

「嗯……，請問……，請問你是哪位？」

這種膽怯又難為情的問題，早已不是第一次。生活中總有幾次這種場景，久未聯絡的朋友，突然來電，手機沒有顯示任何號碼，對方卻一股的熱情澎湃，又是噓寒，又是問暖。在這麼熱切的回應中，若能及時想出對方是誰，還可以掩飾過去。否則，一旦詢問，對方的熱切立刻冰冷，那種感受自己當然也遇過幾回。「原來你沒有這麼在意我」，這對雙方而言是總有那麼一點不是滋味。

但這回不一樣，那不只是一個久未聯絡的朋友熱情來電可以比擬的。簡訊上明明寫著「我不敢祈求你的原諒」，若非深深傷害過我，怎麼會擺出這樣低的姿態，一種十足懺悔的心，到底所為為何？而我，卻完全遺忘了自己受過了什麼不能原諒對方的傷痛。所以當他回應：「不知道我是誰，你還打來？」格外訝異的語氣，讓我不知所措的心情更添加了一分抱歉。

我試圖放慢語調，非常誠懇地解釋，現在人在軍中，過去的手機丟失了，通訊錄也無法重建，所以一時之間才……。「沒關係，那不重要了，你早點睡。」一電話掛斷了。他的聲音，如此平穩厚實，如同他的表情一般，並不打算讓我有機會再想起他的身分。

但我畢竟是想起了。

手機螢幕的燈光暗下，蜷曲在被窩裏的我，記憶翻騰，……

「我來唱一首歌，古老的那首歌。我輕輕地唱，你慢慢地和。」

從泉州，走過了寧波。你的腳步踟躕，卻不停，到了重慶，終於到了海南。一個迴身，又從海南，走過重慶，彷彿指尖按住地圖那樣的輕易，到了寧波，看到了泉州。這個陌生的地方，你搭乘公車時經過幾回，騎車時經過幾回，或許在某個惆悵莫名的午後是不是也走過了幾回？只是，有一天這不再是個陌生的地方。一步一回首，每個腳步都深得踏進自己的心頭，留下了一排又一排凌亂的腳印。滿身的斜風細雨，佇立在石樑旁，靜靜抬頭上望。半掩的窗戶，裏頭沒有任何的燈光，灰暗一如外頭慘敗的天氣，如沉默的臉孔，如揮之不去的離情。

「我終於知道為什麼覺得難過。會者定離，原來這人生最的孤獨不是一個人的生活，而是任憑繁華熱鬧，終有緣盡的一天。兩個曾經擁抱的人，流散在世界的某個角落，可曾在午夜夢迴的時刻，突然想起對方？」他說，被你的這段日記深深地感動。然而他又問：會者定離，那是不是就不要會了？

終於到了分別的時候，會者定離，會者定離，喜愛唱歌的他撥放了這首〈閃亮的日子〉。什麼也不能改變，只能把頭沉沉地埋入自己的雙臂。你感受到血管在手臂裏猛烈跳動，你感受到音樂在心中鼓譟。

……想起來了，我全都想起來了。離去的人，以及當時那樣率直不加掩飾的悲傷，全都想起來了。甚至，才在半年前，在剛剛入伍的時候，我還是帶著〈閃亮的日子〉的旋律生活的。素來不好歌唱的我，總在有意無意間，在每次等待盥洗的時候，在就寢時望著窗外的景致的時候，哼著旋律，或低聲淺唱。

只是曾經這樣地執著，又究竟為什麼會遺忘呢？猶記入伍前，我在部落格突然收到一位素昧平生的網友的留言。他說，非常希望我可以分派到一個很操很累的單位，這不是詛咒，而是祝福。長期閱讀我的日記與文章，感覺到我是一個執著很深的人。或許到了一個體能訓練嚴格的單位，能夠讓我沒有餘閒去思考事情，說不定這是一個可以放下執著的機會。

去執對一個人而言是何等重要，我當然明白。但沒有對生命有過真切的體悟，沒有勤勉地修行，談何容易？我不能斷定自己待的單位是不是很操，雖然忙碌的任務與文書工作確實使我身心疲憊。但，這是一個可以遺忘的藉口嗎？還是這世間所謂的情緣情分，終究無法抵禦過時間的沖刷。我該不該為這漸行漸遠的記憶感到自責或羞愧？

反過來說，縱我此刻憶起，又如何呢？悲傷辛苦，似乎不再伴隨著記憶回來。原本好好的我，應當是疲憊地睡了、醒了，再次例行部隊的訓練、繼續完成我的軍旅生活。也許我該像哲學家充滿詩意的慧心一般，明白真正的遺忘是根本連忘記都遺忘了。說不定這能夠給於我一點小小的安慰，即使嗜欲之深幾近冥頑不靈，此刻我畢竟清晰地記住過去的種種了。

「被人遺忘想必多少是有些挫折與尷尬的吧？但請你不要介意。如果你曾經傷害過我，如果我曾深深受傷，那麼我希望你能放寬心，畢竟能忘記的，都不再重要了。」埋身於被窩，手機螢幕再次亮起，我慢慢地輸入，把訊息傳送到不知所在的他方。

終於明白，所謂遺忘，也許是遺留記憶，而非遺失記憶。只因曾經記得，不管歲月如何磨洗，總還有一道淡淡淺淺的痕跡，待得因緣具足，便能勾起所有共伴的情境。

——發表於《臺灣時報・臺灣文學版》，二〇一一年十一月七日

彳亍

夕陽將我的影子拉得筆直瘦長，我繼續地往前行走，地上有兩條白色的繩子僵硬地綳著。我沿著這相互平行的繩索前進，小心翼翼。總覺得，遠方似乎有什麼等著我，但愈是急，步履愈是艱辛，踩在白色的繩索上，一步一步，我的腳似乎在發抖……。

甫退伍的那年，因緣際會接下了一份助理工作，藉故搬離家中，在三峽選了一間套房。原想方便讀書工作，也滿心期待能有一私處的空間，豈料，就在搬入新居的第一個禮拜，那人離開了。逼仄的套房留下空蕩的氣息，此後我常在睡夢中甦醒，重複地想像，走不盡的長路彼端，是怎麼樣的風景？

靈魂似乎就這樣一點一滴的腐蝕。為了填補在忙碌與忙碌的縫隙留下巨大的寂寞，趁著工作之餘，就近到大學旁聽課程。當時教授正逐一講解西方現當代的美學思潮，嶄新的知識提供我熱騰騰的反思。每週課程完畢後，高度運轉的思緒，總使夢境更為蒼白，甚至幾近透明。只是，那道偶然重複出現的夕陽，依然沉穩而持續地映照，拖在地上的身影，也依然筆直瘦長。

一年的課程結束，教授決定請大家吃飯。我們在店家外等候入座，夏夜的風微涼，我側背著書包，也許想念遠方的人，也許什麼都沒想。忽然，教授問我：你的腳是不是受過傷？面對這樣突如其來的問題，我訝異且癡愣：「沒有呀……。」教授說，其實她注意我的腳很久了。

「當砲聲響起時，國家的榮譽與我同在。」

全國唯一的陸軍禮砲連，負責的任務在於邦交國元首來台後，在迎賓大典上施放二十一響禮砲。號稱是國家的門面，對於士兵儀表的要求自不在話下。自從進入禮砲連後，對於耳聞已久嚴格的訓練方式早有心理準備。烈陽當空，三十分鐘立正不動，三十分鐘稍息不動，三十分鐘抬舉雙臂至四十五度不動……，一連串的基本動作，看似簡單，實際上各做上三輪，能夠順利通過的並沒有幾人，而我卻能順利一一通過考驗。

但，我沒有辦法蹲。

一門禮砲有四個人操作。發射手負責擊發，最是重要，通常由志願役士官擔任；裝填手和接彈手負責裝填砲彈、與接住砲彈殼；砲長則揮動旗幟，以為標誌，看似重要，妝點門面的成分還較大些。由於典禮通常耗費幾小時，裝填與接彈手必須蹲在大砲前許久，事前的訓練工夫可不能少。

那蹲的姿勢非常怪異，右腳高跪姿，腰桿挺直，左腳則以腳趾撐著地面，後跟離地。右手打直放在膝上，左手則揹於後腰。四門大砲，計八名裝填接彈手，一動也不動，確實是好看的樣板。要能通過這樣的訓練，必須連續三次蹲上半小時，且不能有任何晃動。有些人可以撐到十分鐘，有些人撐到二十分鐘，一倒下，都是前功盡棄。總是得一忍再忍，一試再試，那曲折的左腳，劇痛如裂，痛過了一個程度，麻痺了，聽說就比較不痛了。

這只是聽說，我沒有實際體會。當初我接二連三通過基礎訓練後，才一蹲，別說是十分鐘，連三分鐘都撐不下去，可說是跌破紀錄了。無論我怎麼努力嘗試，也沒有辦法。我的腳連痛都談不上，就是乏力，怎樣也撐不住我的身體。再三調整訓練也無法進步，直到後來，我成了樣本，蹲著，然後長官、學長紛紛端視我的腳，相互討論不時加上幾句責難與質疑：「你這樣蹲不對啦，腳要用力。」「你是不是故意不想參加禮砲任務。」「到底怎麼會這麼沒有力氣？」

教授的問題在那麼短短的一瞬間，引領我走回在禮砲連的日子。同樣癡愣，一個是當眾人盯著我的腳看，並且議論不止。我就像是一位供醫學生與醫師探究病情的案例，能有的表情，只是尷尬；另一則是面對突然的探詢，像是卜卦般透析了我自己都不曾明白的因果，著實讓我訝異。畢竟，我的腳在外觀上不但沒有任何缺陷，也不曾受過傷。

飲宴之間，話題不知早已流轉了幾回。我有意無意翻攪著碗裏的湯麵，記憶矇矓，彷彿記起了些什麼。

我有意無意翻攪著碗裏的湯麵，昏黃的燈光，明滅閃爍。晚飯時間已過，麵攤客人不多。我吃不下了，就玩弄著碗裏的湯麵，媽媽過來把麵收走。我矮小的身軀坐在高高的椅子上，雙腳懸空搖晃，地板凹凸污黑。小腳丫子東晃西晃，這是什麼時候呢？我會說話了嗎？我聽得懂別人的交談吧？應該是的。在記憶的邊緣，我依稀記得客人問媽媽：「怎不抱他下來走走？」「伊跤骨卡軟，無法度行。」麵攤的椅子能有多高？但我的腳觸不到地。年幼瘦小的我被架上了一座孤島，我只是百無聊賴地看著自己的光腳丫子搖擺、晃蕩。

究竟是太過沉痛而記憶隔離，抑或是無關緊要而不曾注意，我何時可以自己走路的？一點印象也沒有。在此之前是不是就不能行走？也不太確定。早產。跤骨軟。無法度行。這三個不相聯屬的關鍵詞在我的記憶裏完形，當教授忽然問我的腳是否受過傷的時候。

略有壞損的印象，泛起漸行漸緩的漣漪，此處略有起伏，再遠一點顯得疲軟無力，更遠的，縱然隱隱約約感覺得到，卻只是水面上平平移動的水紋。然而，忽然之間，又是一陣趴啦趴啦，我踢得忒過用力，揚起一座移動的白色浪花，起起落落，伴隨生嫩的泳技持續航行。二十五公尺，很容易就到達對岸。

「你，上來！」威猛陽剛不容質疑的命令，在我消瘦虛弱的國中生涯裏，恆常是害怕體育老師的。那個年代，功課好的同學大多不擅長運動，而體育老師喜愛的，都是班上那幾個四肢發達的混混。愈是這樣害怕，愈是怯懦沒有自信，只見老師要求我趴在泳池旁的長條座椅上。

「趴好，現在開始踢水。」

同學的目光聚集之時，泳池的水波盪漾，我又被架上了孤島，慌張地上下踢擺雙腿，完全不知道為何要這麼處罰我。我奮力踢，嘴角揚起不自然的微笑假裝灑脫，我奮力踢，揚起的卻是泳池的浪花，在老師一聲令下，大夥繼續游泳、玩水。我趴在長長泳池的座椅上，只能對著空中晃動濕裸的雙腿。

媽的，你腿是怎樣，沒力喔，給我用力！

我腿是怎樣？我分明用盡力氣，但愈是努力，愈是緊張，兩隻腳不時纏在一起。

從不覺得自己的腳怎麼了，也從未質疑我的腳是否不正常。但，回想起來，的確自小就有許多人詢問或批評我走路的樣子。我走路怎麼了？「你走路會內八耶！」內八又怎樣？「很像女生啊。」媽媽總說這是遺傳到她，偶爾麵攤客人問了一句，媽媽只會輕描淡寫地跟我說：要像個男孩子的樣子。卻也只是說說，並不要求我改變走路的樣子。

體育雖然不好，游泳不能讓老師滿意。但我的學科不弱啊，尤其是國文。國中開始進入了文言文的領域，當同學在古奧的語意中歧路徬徨，我卻能悠遊其中，ㄔㄒ流連，一點也不為難。

且子獨不聞夫壽陵餘子之學行於邯鄲與？未得國能，又失其故行矣，直匍匐而歸耳。

——《莊子・秋水》

當年試卷上的這則閱讀測驗，著實困惑了許多人。怎麼會有人要學走路的姿態？這還需要學嗎？這還能學嗎？老師理所當然地解說，這是寓言，重點不在於故事內容，而在於背後的寓意。是嗎，真是這樣嗎？我的腿顯得更加細更加羸弱，放學時候，黃昏將我的影子拉得又瘦又長。

我的影子被拉得又瘦又長，每當黃昏的時候。「食飯囉」「好倒轉來囉」，公園進行得正激烈的遊戲，往往被此起彼落的叫喊聲打斷。不多時，大夥散去，運動場上只剩下不肯離去的躲避球空盪盪的迴響。同樣寂寞的，是另一個長長的影子，比我賴在公園不肯離去的影子更脆弱、更發抖。那是一位附近的鄰居同學，以及他雄壯威武的父親。那時，我才國小，老是在公園或巷弄中看見那位父親領著孩子，矯正他的走姿。有時是沿著羽球場的邊界，更多時候，那位聽說是軍人的父親帶著兩條長長的白繩，壓在地上，構築了沒有交點的平行線。蒼白，扁平，巍巍顫顫的身軀，在這平行線之上往返。起先，我並不很了解那是在幹嘛，直到聽見那父親不斷嚴厲斥責：「媽的，你走路走什麼內八啊？」「我他媽的怎麼生出你這孩子，走路像個娘們。」「哭什麼哭，不准哭。」

有時候我是滿身污漬從公園回家，有時候我光著腳丫坐在麵攤門口的椅子上。看著同學緊張遲疑地踩在雙白線上，慌亂的神情，豆大的汗珠滴落。那軍人爸爸面對著他後退，一邊下口令：再走幾步，走好一點，有進步，來，左腳，再來，很好，你的右腳打直，再來再來。雖然當時年紀小，我也慢慢明白，他和我一樣，雙腿無力，走路內八。平日看這位同學，也不覺得他走路特別怪異。只是在步步為營的矯正中，遭離極大的恐懼，進而無所適從吧？有很長一段時間，我心中僥倖，還好我不必這樣ㄔㄔ學步。

最後一次看到那晃動不安緩緩前進的身影是何時？這位鄰居和我是同校，卻沒有同班過。六年級時，他在我們隔壁班，身材轉為高大厚實，走路大概也不會再內八了吧？相對於我，已不會有人嘲笑他的走姿，但他卻常常遭受同學的捉弄。一不小心，他就紅了眼眶，但卻總忍著不哭，直說：「我只是……只是眼裏進了沙。」也許那軍人世家的威嚴，嚇阻了他的眼淚與感情。但諷刺的是，正是眼裏進沙這樣倔強的藉口太過滑稽，才引起更多的逗弄欺侮。

軍人的威嚴，不容許示弱。

我也一樣覺得滑稽。

所以，在入伍之前，我開始訓練體能。慢跑、伏地挺身、仰臥起坐、引體上舉，我愈是虛弱，愈是需要鍛鍊。可惜我卻忽略了自己的腳步，因而，儘管我能跑三千，我能拉單槓，我能在嚴格要求體能的禮砲連勉力完成各項鑑測⋯⋯。但我不能蹲。

我倒也不是完全無視自己孱弱的下肢。每當薄暮暈染整棟軍舍，便是運動的時間。在熱身、跑步結束之後，我也常常低頭看著自己歪斜的步履。雙腳一個不注意，就打結相撞。我卻從未想過去做任何改變，不，我從不認為這是個問題。

誰說只有平行對稱的秩序才是紀律？

就這樣離開了禮砲連，在炎熱的酷暑中退伍，與朋友同遊福隆。熱浪與熱潮，燒燙的沙灘，在沙灘上凹凸不平如同延綿千萬里的撒哈拉傳奇。是呀，愛情總像傳奇。褪去鞋襪，赤腳踩在沙灘上。那人在前，我尾隨其後。仔細看著自己每一個深陷的腳印，步履愈緩，腳印愈是深刻。

「走過的路是一串深淺分明的腳印」，不禁哼起了我素愛的歌曲，回過頭去，一列參差凌亂的腳印朝我而來，低著頭，雙腳埋在沙中，再往前看，那人沉穩的步伐，健壯的背影沒有停留，逐漸遠離……，第一次，看著自己的裸足，我忽然感到自卑。

其實我是多麼地希望，能夠就這樣一直走下去。

那晚餐聚之後，教授不只一次，邀請我參加一場身體操作的工作坊。退伍後，不再有誰特別注意到我的腳。唯有教授的敏銳，似乎看出了端倪。收到邀約信的那晚，單身的套房，我和衣跌入失溫的床。想起在課堂上，我與教授思辨許多哲學問題，從Maurice Merleau- Ponty到Mikel Dufrenne重新理解身體知覺與美學，身體與心靈本是不可二分的有機體……。信中說，再是縝密細緻的概念分析，都不如起而行。

我總得起而行、起而行。

起而彳亍。

工作坊的教練解析了我們身體的每個部位與動作，在一陣講解之後，我們開始練習將力量釋放到末端。一群人，沿著臺階而立，趾尖切齊階緣。腳趾用力抓地，身體前傾。教練要我們閉上眼睛，眼觀鼻，鼻觀心，將眼球藏入下眼瞼後方。「就想像站在一〇一高樓往下看的感覺吧。」我的腳趾用力抓，我也努力將眼球深藏在下眼瞼後面，但，那是很深很深的黑暗，沒有一〇一大樓，沒有往下看，只有很深很深黑暗。

黑暗中，我聽見教授和教練在我的後方討論。他的身體是不是怪怪的。嗯，應該有問題。依妳看，是不是腳有問題……。你這樣蹲不對啦，腳要用力。你是不是故意不想參加禮砲任務。要像個男孩子。趴好，現在開始踢水。媽的，你腳是怎樣，給我用力。伊跤骨卡軟，無法度行……。

意識升起之處，那不再是沒有底限的黑，背後有了光，是夕陽。我的影子匍匐在地。

再走幾步，走好一點，有進步，來，左腳，再來，很好，右腳打直，再來再來。

當砲聲響起時，國家的榮譽與我同在。

男人的威嚴，不容許示弱？

若我可以奮力走到盡頭，那人離去的背影能否回轉？

其實，我是多麼希望，能夠就這樣一直走下去。

飽滿的夕照投射在我的脊梁，就這樣，在長路此端，我隨自己的影子，一步接著一步，小心翼翼，彳亍而行。

輯四

總是不聽不聞，只想著前行，
看看一路上有什麼坑坑洞洞，
跳房子般濺入了窪塘。嬉笑、
喟嘆、自嘲。還是慢慢走吧。
難免流連，泥濘的鞋襪，倒是
意外地留下一串凌亂的腳印。

同是去年人

踏上講臺，我總習慣先從背包中掏出考卷與講義，在桌上一一整理清楚。往往，都是這個時候才會抬頭看看學生們，看看午覺之後的，或者仍舊睡眼惺忪，或者托腮發愣，或者三三兩兩閒話竊語。這天我一上臺，不如往常要求大家拿出課本準備考試。夾起一根雪白筆直的粉筆，一筆筆在黑板上劃開。儘管背對著學生，卻能從他們迫不及待跟著牙牙吟誦的雀語聽來，他們，似乎有點好奇：

去年元夜時，花市燈如晝。
月上柳梢頭，人約黃昏後。
今年元夜時，月與燈依舊。
不見去年人，淚濕春衫袖。

「這是〈生查子〉，聽說是歐陽修寫的，也有人說是朱淑貞寫的。你們都讀得懂意思嗎？」臺下的學生不敢有太多反應，就算，就算我願意相信他們之中必定有人光是心中唸過一回便深深受到詩人靈慧風韻之震動，在這擁擠嚴肅的空間下，或許也硬是把我順口的一問當成了卷紙上反覆思索的選擇題（那麼，我鐵定是少給了他們選項）。

就在元宵節，我帶著學生翻覽一首應景的詩，應當不為過。然而，本是單純地與他們分享，卻在回頭釋義時，充滿了為難。這麼明確直截的文字，我如何能夠再有更好的翻譯，而在文辭背後那股深蘊其中千迴百轉的情思，又該怎麼告訴呢？

「……沒有看見去年與我相約的那人，落下的眼淚沾濕了我的春衣。」一個熱於發言的學生娓娓翻譯，大致不差。而在此時，我轉過去將黑板上的詩句做了小小的更動：

不見去年人，淚濕春衫袖？

有什麼改變嗎？「變成疑問句了。」「這是設問法。」……

這樣的回答並不讓我意外，修辭格，也是他們初初接觸文學被規定需要去分辨的。「但是，我只是改了一個標點，放在整首詩中，有什麼不同呢？它變成了設問法，也許是疑問，也許是反詰。如果淚濕春衫所指的那人不變，改變的，會是什麼？」

望著臺下也許專注，也許疑惑，也許漫不經心的學生。我決定還是繼續說下去，我們可以把這句子翻成這樣：

你難道沒有看見去年與你約守的我，眼淚濡濕了新裁的春衣嗎？

少數比較敏銳的孩子似乎察覺什麼，卻脹紅著臉，吞吞吐吐不知道該怎麼表示，生怕標準答案被別的同學搶走。

本來，我們以為「去年人」指的是「去年那個與我相約的人」，現在我們發現，原來改變一個本來就不存在的符號，「去年人」可以指「我」，可以指那個「淚濕春衫袖」的「我」，而整首詩的語氣變成了更直接地向那個不再相約的人傾訴：你沒有看見我掉淚嗎，我是去年人哪。

是呀，我該怎麼告訴他們，我們同是去年人呀。

如果沒有去年埋首苦讀的我，就不會有今日具有研究生身分的我；如果沒有去年一場荒謬的戀愛，就不會有今日對感情的處之泰然；如果沒有去年的一場病厄，我又如何對生命無常有具體的意會？而去年的我，又是怎麼生成的呢？是去年的去年，去年的去年的去年，是很多個去年慢慢地沖積成或廣或窄的平原。

我們同是去年人，換個說法，現在的你我都是明年的「去年人」呢！當學生們在卷紙上苦心力索振筆疾書的時刻，可曾想到一年之後我們如何回頭看看去年的那個自己？

就像詩人的傾告，在相約昏黃燈市的當下，又怎麼料想將來的情景？於是在事過境遷後，縱然依舊有著百般的不捨與執著，也只是悠悠地問那麼一句：不見去年人，淚濕春衫袖？

——發表於《人間福報‧副刊》，二〇〇六年六月十七日

浮塵

午後西曬，燠熱的陽光穿透窗牖，持續蒸騰我的午睡。翻個身，這難得不用工作也不用上學的一天，賴在床上，側看銳利的日光照透了翻滾的浮塵。無事的午後，想想，來好好整理住處吧。清潔房間或許是有學問、有次序的，但我不懂，只是心之所至，洗衣服、整理雜物、擦地板。當抹布在地上畫出一道與微塵截然分明的缺口時，特別有成就感。就像是小時玩的小精靈遊戲，只要拚命往前衝，躲避敵人的追擊，吃完所有的粉塵，我就贏了。

虛室餘閒，一個人整理住處的時光，是我最安穩的時候。

整理房間的進度比預期快得多，打開電腦，慣性地收發email、登入臉書，在這午後的三點二十七分，一向熱鬧的臉書也打起盹來。捲軸不斷往下深探，這樣的舉動本身似乎是無意識的、無聊的。臉書就是一個與現實世界既連結又斷裂的另一個空間。原本，網際網路與行動通訊在時空壓縮的功能上就扮演著關鍵的角色。臉書的普及，不但改變了人際互動模式，更有各式各樣的社群訊息、休閒資訊。許多人在臉書上，總想著如何引人注目。也許放一張不錯的照片，也許寫一段意味深長的話。眾人各出奇招，就怕沒有人來按讚。

沒有人來按讚，會是一種多麼寂寞的狀態？正好就是在臉書上，看到一位國文老師分享經驗，為了使學生了解蘇東坡因為烏臺詩案貶官時，身懷憂懼，連身邊的朋友都受到影響，不太敢與他聯繫。這位老師告訴學生，你們能想像在晚上尖峰時段，於臉書PO文之後，卻沒有任何人來按讚的心情嗎？立刻獲得學生回響。

這是一種什麼樣的寂寞？我們總是喜歡在電腦前假裝自己朋友很多。然而，寂寞並不是我在意的事情。臉書社群網站串連了許多資訊，形成了一股與報紙、新聞不同的強大力量。藉由這股力量，讓青壯年得以發出對社會的關懷。士林王家、華隆案、美麗灣、核四興建、二〇一二兵工廠、動物保護法、廢死與反廢死、旺中媒體壟斷問題……。層出不窮、源源不盡的議題，帶給我極大的焦慮，這個世界到底怎麼了？一個人的力量是何其珍貴又何其渺小，人人都在轉貼訊息，人人都在尋求支援與認同。停不下來的節奏，精神也隨之沸騰？

我不得不承認且真實地面對自己的焦慮與懦弱。那不是一種先天下憂而憂的入世情懷，而是一卑萎的肉身無法駕馭也無法抵擋龐大的資訊。又發生了什麼社會事件、又在討論什麼議題、哪位學長又發表了什麼讀書心得、哪位同學又刊登了一篇論文、下週有個講座要不要報名、還有即將到來的研討會是否應該出席？誰結婚了，誰生孩子，誰又在失戀的狀態中獨語喃喃……

「你確定要停用帳號嗎？」

也有一陣子，我離開了臉書的世界。生活的步調頓時慢了下來。或者，不能說是「慢」，而是突然「卡」住了。原本一貫流暢的反射動作，開機、上網、登入，漫無目地瀏覽、玩幾個ＡＰＰ小遊戲、看看線上有沒有什麼朋友哈啦一番。但後來這一連串的習慣動作忽然卡住，剛開始我還愣在電腦前，覺得好像有什麼事情沒有完成。忽然多出的時間，成了一種空虛，然後，我才漸漸明白，這種空虛才是我真正渴望的。

我就像是一個遲遲沒有更新的老舊軟體，雖然運轉，卻無法與與最新的世界同步。偶然與朋友聚餐見面，大夥的話題都從臉書延伸而來；詢問近況，卻也從臉書的最新動態接著講下去。錯過了許多的訊息，我也只能請朋友一一為我補綴。好幾次，由報刊電視媒體看到的新聞，早已是在臉書發酵許久的。

明明是屬於我這個世代的速度，我害怕跟不上，更害怕跟上它。

為了這樣的逃避，我甚感羞愧。更令我無地自容的，還在於我又逃離得不夠徹底。曾在臉書上看過一位不認識的學弟留言：「君子役物，小人役於物，就讓我們來做個臉書君子吧。」是啊，工具本來就是中立的，不涉及任何價值判斷，端看自己怎麼使用。但我的焦慮豈是一味地天真與蒙昧？先不說是否承認自己役於物，Robert Levine在《時間地圖》感嘆：當代最大的反諷之一，就是人們有了那麼多省時的機器、發明，自己能保留的時間卻少得史無前例。加重工作負擔的禍首，通常正是那些原本打算節省時間的發明。

「你確定要停用帳號嗎？」

「歡迎重新回到Facebook。」

To be or not to be，生活的價值，就在於那個or。我相信自己可以慢慢在登入登出之間找到自己的節奏。取消訂閱過多的社團資訊、刪除不必要的遊戲、隱藏某些人的消息。如同我跪在地板上仔細擦過每一片地磚時，劃出一道截然分明的界線，明亮的那一條條，隱約還能映出自己的容貌。唯有這樣的對比，才驚覺積塵已多，只是常常忽略了。

蝸居在這不到六坪大的套房，看著自己甫清掃過的痕跡。要能夠做到戶庭無塵雜，畢竟不容易。但我明白，那些紛紛擾擾的，如同午後西曬侵入窗口照映出滾動翻飛的浮塵，再是熱鬧，浮塵就是浮塵。慢三拍的步調，無所謂蕭索或逃遁，反而多了許多冷靜清閒的時光慢慢沉澱，也好讓我一一拂拭。

——發表於《青年日報・青年副刊》，二〇一三年三月十日

凝視

國中時，班上有一陣子流行逞口舌之快。無論是強辯或機智回應使同學啞口無言，總能得到矚目與讚賞。那時，我喜歡故意盯著同學看，一直看，一直看，直到對方發覺問了聲：幹嘛一直看我？我便得意地說：「你不看我，怎麼知道我在看你？」同學往往被這無理的回應問得癡楞楞，我則為自己的善辯揚眉瞬目、沾沾自喜。

多麼幼稚的記憶，又是多麼幼稚的把戲。那時候的心這樣乏味，從來沒有領略過自己的感情，只是在聯考的壓力下，在日復一日不讓人思考的校園生活，與朋友嘻嘻哈哈地過去每一天。

那時，我們必讀朱自清的〈背影〉。從象徵法、鏡象式結構、倒反修辭法，乃至於故意訕笑朱自清的爸爸違反交通規則……，我們幾個成績好的同學，自以為聰明了得，卻誰也沒能真正理會朱爸爸的背影為何會使他忍不住流下眼淚。我們學到了「迂腐」、「蹣跚」，也覺得國文課本就是一個步履蹣跚又迂腐的學究。說什麼背影象徵父愛，愛也不過是那麼一回事。

當我從臺下走向臺上，看過了多少書籍、聽過了多少故事，走過、想過、實踐過在這生活世界的種種。或許我竟還不能深切地體悟愛，但我似乎明白在愛當中的那股凝視。

那似乎是一種玄冥的感應，因為深深地執著，所以不只是看，而是一種凝視。凝聚了深情，就像龍應台〈目送〉所描述的：「在那麼多穿梭紛亂的人群裏，我無比清楚地看著自己孩子的背影」。在人影雜遝往來交錯的空間，一眼就能夠清楚地看到那個人的身影。所以，當送孟浩然離去，天才卓絕放蕩不羈的李白寫下「孤帆遠影碧空盡」，那個「孤」字之所以關鍵，不在於直率地顯露了朋友離別後的孤寂，而是顯示了斥絕廣闊江面的其他行旅。於他之外，四周環境的種種，都不在意識之內。那時有一種時空扭曲的感覺，也不知道是四周的環境排拒了凝視，還是凝視排拒了周遭的一切。

只是，那個人，那個被凝視的人，身處時空內外的節點。他可否意識到自身身處他人深刻凝視的甬道中？

幾年前，與一個朋友深夜長談，隔日清早我們在十字路口分別。微雨淅瀝，馬路留下一道道潮濕的輪印。我越過對街，耐心等著紅綠燈。雨勢越來越大，我只是專心思索著前晚橫亙兩人之間那種模糊混淆的情緒，身旁路人善意提醒我：「先生，需要幫你撐一下傘嗎？你全身都濕了。」沉浸在思考中的我猛然回神，婉謝了對方的貼心。過了馬路，回頭一瞥，卻意外地看到友人仍佇立在對角朝我注視。我不確定斜跨一個十字路口的距離是否能夠無誤地解讀他眼神中的擔憂與愧疚，他是不是也看見了我雨中失魂落魄的模樣？那一刻，至少我覺得，被一種濃厚的感情包圍。

更多時候，當定神細視，那遠去的背影，多麼希望可以得到有個回望的時刻。往往攫取記憶的片段——我得意地向同學回嘴：你不看我，怎麼知道我在看你？已經重複過幾次的伎倆，同學不理會我的狡黠，認真地分析起來：「你一直看我，我不用看你也可以感覺得到」——當我默默目送那人離去時，我總想起國中同學這樣冷靜的分析。如果那個人也能感覺到自己離去的身影凝聚了某人流連的目光，會不會因此不捨而回首？

凝視是一，也是逐一。鄭愁予〈錯誤〉中等待情人來歸的女子，經歷了多少期盼的開落，仍然探望著每一個可能的回音。那種過盡千帆皆不是的情景，究竟會逐漸消磨心志；還是顯示百般無奈下，仍想留給來人最好最美的一笑。也因此，那比送別時候的凝視更加地辛苦與周折。

日常，只有等候公車的時候才有這樣的引頸期盼。遠遠來了輛巴士，總在視線模糊的夜晚或細雨濛朧的午後，依稀辨識來車的顏色、招牌。已然遲到的焦慮與悠然靜待的閒情同樣無謂，最讓人難堪的在於，眼看時限迫在眉睫，公車卻遲遲未出現。要不要離開？要不要改搭乘計程車或捷運？可是……，可是總想起那莫非定律，會不會當我決定不再等候，將凝望的眼神從杳然的遠方移轉到自己的腳步時，公車就呼嘯而過，遠遠棄我而去？果如其然，那可不可以在反覆凝望每一個可能是的歸人時，可不可以當苦心期待的心情不斷深化，乃至於我決定毅然離去時，那個人卻突然出現……。

才明白用心如此，我並非真的要捨棄。從逐一回到一，即使面對面，我依然深情凝視那人的容顏。

——發表於《人間福報・副刊》，二〇一二年一月六日

沉吟

唐代科舉有溫卷之風，考生會將平日創作的文章詩歌投呈給當時有名望的士人，以求其鑑別優劣。著名的一則故事為朱慶餘將作品遞送予張籍後，附上了一首〈近試上張水部〉：「昨夜洞房停紅燭，待曉堂前拜舅姑。妝罷低聲問夫婿，畫眉深淺入時無？」以新嫁娘弄妝為喻，婉轉詢問自己的作品如何，別具巧思，反竟以此傳世。

第一次讀到這故事，是在高三國文考試的閱讀測驗。在那為了聯考而盲目填鴨的時代，雖然我素愛國文，卻總覺得離文學很遠。而那則閱測，縱使全是文言文，倒頭一遭讓我在考試當下，自顧自地玩賞了起來。不只是朱慶餘的聰穎，張籍隨後的〈酬朱慶餘〉更是恰如其分地襯托出這一唱一和的趣味：

越女新妝出鏡心，
自知明豔更沉吟。
齊紈未是人間貴。
一曲菱歌敵萬金。

當我讀到「自知明豔更沉吟」時，彷彿看見新郎對著新娘子逗弄調笑，又不禁驚豔於新妝甫成之美。新娘對自己或許不是完全沒有想法、沒有信心，但在那欲語還休的時候，一道泛頰而上的緋紅，是如何也不敢自專自斷的。

回想高三那時的我，個性轉為開朗活潑。前此，我卻一直都很內向。別說是上臺報告或演講，哪怕是單獨面對同學或老師，稍微大聲講話都不敢。記得國小參加社團分組活動，當時老師要求同學要上臺朗讀一首唐詩，並且稍作解釋。同學無論自願與否，都一一上臺，獨我一人直到學期末都還沒有成績。任憑老師怎麼要求，我就是怕羞。其實我捧著彩色插圖的兒童唐詩，早在心中反覆琢磨了好幾次，把詩背出來、把翻譯講出來，這麼簡單，我就是跨不出那一步。不得已老師讓我單獨對她朗讀，我才囁囁嚅嚅把詩給讀完了。

思緒早已翻騰，在心中把想說的話操演了數十遍，卻無論如何也開不了口。沉吟，大概就是這種感覺吧？

告別高三至今的歲月又足以讓我再讀兩輪小學。早不復當年的羞赧，也不因聯考的煎熬而心力交瘁了。失去了以往的單純，得到的是對世情更加深切的體悟。這才明白：沉吟，並不單只是害羞而已。

白居易被貶為江州司馬，在潯陽江頭的那一晚，偶遇同是天涯淪落人的琵琶女，寫下了〈琵琶行〉。當我由學生轉變成了教授者，〈琵琶行〉最吸引我的，不是對琵琶聲的描繪，不是琵琶女的生平自剖，更不是政治失意、淚濕青衫的白居易。而是當琵琶女演奏完畢，一個極細微不曾被注意的動作：

沉吟放撥插絃中，
整頓衣裳起斂容。

原本，琵琶女受邀上船表演就已是百般遲疑了，接著一連串精采絕倫的彈奏，不但懾服眾人，也不經意地將心中的幽思放肆出來。她極度地奔馳宣洩，宣洩出的感情卻又是極度地壓抑。在那一開一闔，一起一落之際，已是赤裸地說盡心中無限思緒。琵琶聲停，在那激情褪去的當下，在她整頓衣裳的同時，多少有點懊惱或羞慚吧？然而那沉吟，更超越了羞慚可以詮解的範疇。既然已經真實的感情不加保留地展示在眾人前，該說的也都說了，接下去的自白還有必要嗎？該明白的想必都明白了吧。自訴生平，徒然云益，又能代表什麼呢？

想來，沉吟是一種內向式的自我傾告、自我表白。躊躇內沉的音聲，或許輕抿著嘴脣，目光低下而悠遠，穿越了塵雜，進入與自己對話的意識之中。微微發出的底音，是感嘆，也是惋惜，更是在說與不說之間的多少盤算、多少衡量，以及多少的為難？在詩人筆下一閃而過的鏡頭，這不經意的細節，對琵琶女而言，自成一意念流轉的宇宙，所有具體而微的七情六欲在此汩汩湧現。

唯有知己，才能洞察。

所以，當年我讀到「自知明豔更沉吟」，是不是也早已看出了張籍對朱慶餘的知遇之情？當自己徘徊有所思，竟有人能一眼望穿心思，看透沉吟中的那份自知，這該是多麼值得慶幸的恩寵？用情深處，更有姜夔〈鷓鴣天〉的「誰教歲歲紅蓮夜，兩處沉吟各自知。」一身旁少了理解自己的那人，卻癡心想著，哪怕天涯阻隔，久別而致於將心中那份苦楚消磨殆盡，就在疲倦了、麻木了，眼看一切情思都要消散，至少還能相信：在我的沉吟之中，也有你的沉吟。

知己，畢竟不易得。琵琶女可有等回心繫的丈夫？白居易又是否能細數屈原行吟澤畔時憔悴面容上的皺紋？有一件事情倒是可以確定，並非只有孤臣棄婦才會沉吟。一代梟雄，堪受罵名也不肯屈服的曹操，也曾懷抱雄才大略，意欲一匡天下。這位叱吒風雲的強者，悄悄地在〈短歌行〉中吐露內心最是溫柔、最是深刻的傾訴，而終於在萬古江河的人事代謝中，成就了對沉吟最直截也最完美的表達——青青子衿，悠悠我心，但為君故，沉吟至今。

即是我如今的健談，卻也迴避不了這種介於說與不說之間的千言萬語。

但為君故，沉吟至今。

——發表於《中華日報・副刊》，二〇一三年三月二十日

翻　頁

夜晚的捷運和早晨不同。早上，無論是冬天或夏天，捷運內的氣氛總是冰冷死寂。滿車上課上班的民眾，不發一語，偶然有人交談，卻細碎如未醒的夢囈。下班時節就不同了，人塞滿了車廂，聲音塞滿了人。加班結束的民眾，自補習班下課的學生，笑語喧嘩。今天有多累，聊天的聲音就有多大，聲音的重量使捷運負載過重不得不減速慢行。

身為一位到處兼職的老師，流蕩於學院與補習班，每晚搭乘捷運的時間總是人潮洶湧。我儘可能通車的時間讀點書，一來可打發煩悶，另一方面就讀博士班追逐無邊無際的學問，使我恆感壓力。在忙碌與忙碌的縫隙，時間欹漏凹陷，乃至於破碎。此刻疲倦的靈魂差點凝結不動，而肉身只想著快點回家。車過劍潭，湧進了更多人，離家大約還有二十分鐘吧，是不是該拿書出來看。今晚特別累，但若不讀，會不會又浪費了這點時間？列車嗶嗶嗶又唰唰唰，圓山站到了，窗外明亮的廣告看板逼退我的目光，視線縮回車廂，我才注意到一位老爺爺坐在博愛座中。

細心端詳這位爺爺，長相倒也無甚特別，深陷的雙頰，臉上佈滿大小深淺不一的斑點。高聳飽滿的額頭，僅有的頭髮顯得蒼白而枯萎。但真正引我留心的，是他正在看書。雙手捧著一本軟皮白頁的書，右手還夾著一本藍皮騎馬釘的小冊子。他一下看看小冊子，一下又看看軟皮書。接著，他將小冊子夾在右手食指與中指間，將軟皮書攤在雙手中，然後，他試著翻頁，我看見那手掌紋刻了數百條抹滅不去的蛛絲，巍巍顫顫地。但那軟皮書頁太薄了，遲鈍年老的手指不靈光，一翻就是厚厚一落，翻過了頭，於是左手又回過來試著翻回，但這一拾，又是一疊紙，還是不行。這爺爺倒也不急不忙，只憑那發抖的手在書本上左來右往，抖得厲害。

眼前這位爺爺的舉動引起我的好奇，他到底在看什麼書？仔細一瞧，那本軟皮精裝疑似聖經的書，原來是一本英漢字典。而夾在指間那小冊子上，印著英文文章，車行中，我也看不明白內容，但斗大醒目的標題卻立即攫住我的目光——GOD WITH US。

我又將視線投向車外，穿過車窗上隱約透明的自己，穿過遠方之外的遠方，我彷彿明白了些什麼。

自從就讀研究所以來，我便認為自己的興趣就是讀書、作研究，碩士畢業後再攻讀博士，博士班之後到大學教書，若能將工作與興趣結合，這是多麼幸福又理所當然的事。然而，回過頭去，省視這一路上的步履，似乎發現，我昂首闊步走了一條歪斜的路。

碩士班時，曾經在某一門課堂上，教授考問我一個小問題。我不斷翻找前晚業已熟讀的講義，仍找不到答案在哪。豈料，問題根本不在講義上。教授不可置信地以誇張的表情和語氣嘲諷：「你在幹嘛，你已經不是大學生了耶！」眾人哄笑，我只好跟著笑以掩飾尷尬，心中卻想：一門對我而言全然陌生領域的學問，我為什麼不能是大學生？

當天下午，我修習了另一位退休教授的課。我上台報告，仗著自己的口才而順利完成。老教授講評時，一開口便說：「這次的報告，是我開設這門課以來，聽過最精采的一次。」坐在一旁的我，低頭不語，面對這樣的讚美，既驕傲又惶恐。其實，我又懂什麼呢？

有很長一段時間，我忘不了那天的心情。上午才被貶斥嘲弄，下午卻又受到盛讚。他人的評價就像是高高低低的鋼索，走索人努力保持平衡，片刻不敢鬆懈。尤其面對師長，我畏懼他們的專業，卻又更畏懼師生倫理。面對同儕，我更是無所適從。最根本的原因在於自己放不下比較的心理，因而，在同儕競爭的壓力下，就算不至於明爭暗鬥，心裏仍舊是文人相輕。

要承認自己的這份驕傲，並不容易。但，這樣的自慢卻擴散暈染了學院生活的各個細節，眾多消息，在日常紛遝而來，誰提了計畫、誰發表了論文、誰得到獎學金……，驕傲是一層濃得嗆鼻的煙塵，不但讓我看不清楚這個世界，還每每讓自己灼傷。也正是因為如此，我總是嚷嚷著老教授對我的讚美，暗示年輕教授的苛刻，卻從未想過將之倒轉思考？更重要的是，這兩種評價本不相關，又何來誰對誰錯呢？

錯的在於那種不健康的競爭心理，以及故作從容自在的偽善。

是什麼緣故，使得這位老爺爺已是耄耋高齡，還願意舉起那枯皺發抖的雙手，翻找一個又一個陌生的詞彙？我曾在某知名英文老師的網站看到一則留言，一位六十多歲的民眾向這位老師請教學英文的方法。這位老師回覆卻反問，難道你要到美國探親嗎？學英文不是一件多了不起的事，你已經是這個年紀，應該是去含飴弄孫，把時間留給自己才是，何必再費心學習陌生的語言呢？當時，我頗佩服這位老師能夠跳脫本位主義來討論這問題。本來，英文作為一種語言工具，不該無限放大其價值。若用不到，何必學？我們中文系的學生的確也常常反覆掙扎於是否該學習外文，以利於更進一步的閱讀與研究。但，捷運奔馳、車廂嘈雜，眼前的這位老爺爺，年紀只怕又更上層樓，卻又為何這樣孜孜不倦呢？

與其昂首闊步地走一條逼仄歪斜的路，還遠不如在大道上彳亍顛簸。

當我在碩士論文的口考會場，無所畏懼替自己的論文辯護，不再害怕師長的權威；當我放棄繼續升學從而入伍當兵；當我在基層連隊接受嚴厲訓練折騰；當我能在扭曲黑暗的軍中不忘保有溫暖的性情時。我知道，或者，我可以走一條不一樣的路。

這並不容易。

我對於在過去的學院生活做出種種的反省與檢討，寫下了〈一半陰暗一半亮〉。文章發表後，一位匿名的朋友在我的部落格留言，認為我在文章內所批評的事情太過獨裁，事實上每個人的行為背後的動機難以掌握，「你有你的教養，別人也有別人的教養。」一起初看到這樣的回應，心中難免有些發怒委屈，然而仔細盤想之後，確實我太過在意別人的行為，儘管我認為自己所批判的事情並非子虛烏有，卻終究是太過用自己的標準去衡量他人了。

回到博班，情勢更顯艱難。曾經想望的那條學術之途，在少子化及博士過多的況下，模糊成了一條可有可無的虛線。在此態勢中，適者生存等過時的社會達爾文主義復辟，成了至高的箴言。要保有一點素心，談何容易？

凡較力爭勝的，諸事都有節制，他們不過是要得能壞的冠冕；我們卻是要得不能壞的冠冕。所以，我奔跑不像無定向的；我鬥拳不像打空氣的。我是攻克己身，叫身服我，恐怕我傳福音給別人，自己反被棄絕了。（哥林多前書九章25-27節）

GOD WITH US，在我心中，有沒有神，有沒有信仰，好讓我在快速紛亂的世情中安之若素？眼前這位老爺爺，應當不再需要追求這人世間限定的價值或地位，但那雙佈滿褶皺的手掌，或許歷經了多少次的祈禱，多少次的祝願，祈禱自己成為一位懂得反省、蘊藉謙和的人。那多禱的手，是如何也不放棄繼續翻找，哪怕只是一句話，或是一個單字。

不患無位，患所以立。也許，這就是我要走的路。

捷運過了台北車站，過了古亭，眾聲喧騰，人潮來來去去。有人繼續聊天，有人低頭畫弄手機，有人閉目養神，我想應當也有人如同眼前的這位老爺爺一樣，埋首書籍之中，去尋求更深刻更真切的智慧。

知識，給了我什麼？我還在慢慢摸索呢。也許，有一天我能真切地反省明白。

——發表於《基督教論壇報》，二〇一三年四月十日

錯 過

我盤腿而坐，午後的大廳略顯陰暗，稚駮的我打開電視剛好看到介紹陶瓷的節目。那大概是我第一次學到「窯」與「釉」這詞吧？遙遠的記憶模糊不清，卻分明記著陶瓷師傅將一批剛出窯的成品摔破，主持人誇張的神情直呼浪費，而師傅卻說：這些不成功的作品若不摔破反而是一種浪費。旁白切入，「師傅您也未免太嚴格了吧，到底為什麼說不摔破這些作品反而浪費呢？」

接著廣告，我也就關掉電視了。一個安靜的午後，懵懂的年紀不該記得無關的細節，但多年後這幕場景卻突然重現：「為什麼說不摔破這些作品反而是種浪費呢？」當初的問答杳不可尋，主持人的驚呼與節目旁白、廣告與我關電視的動作，在瑣碎的生命歷程中成為似有若無的刪節號。一旦想起，總想回到當時的情境，進入刪節的縫隙，探析那個消失的結局。但我明白，那錯過的，再也回不去了。

儘管我常常想起，一如我總想起蕭思聖老師的國文課。

*

那時我是板中的小高一，蕭思聖是我們的國文老師兼導師。開學第一天看到他，滿臉皺紋，頂著平頭式的白髮，穿著毫不起眼的牛仔褲與POLO衫，十足像極了總務處的工友。一聽說他是教國文的，大夥頓時覺得國文課必然呆板無聊。其實我早就從學長姐那裏打聽到，蕭老師可以說是票房毒藥，他手中的國文班，成績往往是全校倒數。

老師鄉音重，上起課來蠻像許多人刻板印象中的私塾老師，總是搖頭晃腦地吟誦課文，然後突如其來的一聲「好啊！」「寫得妙啊！」或者是大腿一拍「唉啊，這裏寫糟了」，大夥不太理會老師，老師講話總使人昏昏欲睡。

大多數同學對國文意興闌珊索性不讀，而我則是泰半自修，全憑自己閱讀眾多參考書與強記的能力應付。那個年代我們除了國立編譯館的《高中國文》課本外，還有一本薄薄的《中國文化基本教材》。在有限的授課時間內，許多老師都專注講解課文，至於《文化基本教材》往往是考前的兩三堂課匆匆帶過。蕭老師卻總認為，文化教材關乎待人處事，遠比課本的文章重要，上課的比重也就倒了過來。本來蕭老師的國文課已夠沉悶，何況他再用那蒼白濃厚的鄉音講述《論語》，實在很難吸引學生。

但我卻非常期待國文課，大概因為我是少數能夠聽懂老師突然迸出的讚嘆評點所謂為何，就像知音，我是蕭老師的知音。至少，我是這麼認為的。

蕭老師的國文課，卻會有出人意表的詮釋。講到《論語・鄉黨》：「廄焚。子退朝，曰：『傷人乎？』不問馬」，他解釋「不」與「後」意義假借，「不問馬」即「後問馬」，並且以此解釋「松柏後凋於歲寒」乃「松柏不凋於歲寒」之意。

說到季氏八佾舞於庭，「是可忍也，孰不可忍也」一句，許多人解讀忍為「忍耐」，於是就講成了「連這個都能忍耐還有什麼不能忍耐」。但蕭老師堅持該解讀為「忍心」，意即孔子感嘆季氏連僭越之事都忍心去做，還有什麼不忍心的呢？有時候他也別出新解，談到「己所不欲勿施於人」，他偏偏認為，基於環保與經濟的概念，己所不欲的東西很有可能是別人正需要的物品。

每次提到這些觀點，不管是不是出自他自己的想法，他總是會預告「這兒怪啊！」「這課有問題！」。但也有些時候，那些問題也挺令人啼笑皆非。

講到〈明湖居聽書〉「王小玉說書」的橋段時，形容那王小玉的聲音越唱越高，忽然拔了一個尖兒，像一線鋼絲拋入天際。蕭老師卻說他在家果真拿了一線鋼絲努力地往上拋，就想揣摩一線鋼絲拋入天際的感覺是什麼？他也真的拿了一把又一把的鹽巴往空中灑，就是想要明白怎麼會用灑鹽空中來比擬紛紛大雪。他幾度提到非常討厭〈訓儉示康〉，卻沒有說明原因。無奈這是高三的課文，蕭老師教了好幾年的高一，根本不會有機會教到這篇文章，也就沒領教他獨特的見解。

我總愛聽他這些有趣的見解，就像是一位年長的讀者與我們分享自己的心得。他是讀者，我也是讀者。我們都喜歡文學，他和我分享就像是知己一樣。

*

但他卻不認為我成材，不認為我是可以領略文學的人。

當我們讀到〈桃花源記〉時，他已老早預告這文章的寫法非常「玄」。縱使我已經超進度預習完全課，卻也很難猜測到老師所言為何。沒想到才讀個開頭「晉太元中武陵人，捕魚為業，緣溪行，忘路之遠近」，老師竟然點起了我，只問這裏有什麼奇怪的地方嗎？同學看著這一幕老師考學生的場景，竟然覺得十分有趣。我反而為此緊張了起來，口中喃喃了許多遍，最終還是極為羞赧地回答：我不覺得有什麼奇怪的啊……。沒想到老師大失所望，點起另外一名同學，而那同學想都不想就直接回答：「既然捕魚為業，應該很熟悉路徑，怎麼可能忘路之遠近？」這回老師大加讚賞，直說「對嘛，這才是在讀國文」。

當時我感到無比的羞恥與尷尬，那不在於同學之間互相較量的結果，也不因為其他同學的揶揄嘲弄。而是我分明看到了老師對我嘆了口氣擺擺手要我坐下的神情，認為我只是稍微認真讀了參考書，分數考了高一點，對於文學卻是完全沒有領受的能力。

也許是為了想要扭轉老師對我的印象，又或者是羞怒之餘的不甘心，我翻找了許多關於〈桃花源記〉的研究論文，那些閱讀早已超過一位高一學生應付大學聯考所需要具備的知識，多希望以我的用功挽回那時的語塞及遲鈍，多希望那個讓老師滿意的答案是從我的口中說出……。儘管不斷想與老師再討論討論。卻都被老師一一拒絕，他總是擺擺手搖搖頭，什麼都沒說，卻一臉「你不行的」，宣判我的死刑。

原來，他不是我的知己。

*

蕭老師大概也不會明白，我甚至為了錯過一堂他的國文課，遺恨至今。

說來也不是我的過錯。那時參加了社團，總有許許多多對外的表演。大概又是一陣集訓，常常需要請假彩排。我記得那時國文課正上到《世說新語》，老師再次用他沙啞乾枯的嗓門感嘆，這很有問題呀。原來指的是「絕妙好辭」的典故。

魏武嘗過曹娥碑下，楊脩從。碑背上見題作「黃絹幼婦外孫齏臼」八字。魏武謂脩曰：「解不？」答曰：「解。」魏武曰：「卿未可言，待我思之。」……

待我思之，待我思之。當初我就是如此，翻來覆去讀了好幾遍〈桃花源記〉，也沒能料想到老師意有所指的「玄」是什麼？換成了《世說》的故事，仍舊斟酌反覆，難以推想。正當要講解到此則典故，社團因為集訓的關係要求排練。班上幾位同學樂得開心，到了社辦，才知會一年級學生不需要彩排。我迫不及待地要衝回教室，卻在中庭被其他同學團團圍住。

原來，大家心想賺到了一節公假，就算不用彩排，根本也不需要回教室上課。當時我百般請求，就算只有我回去上課也沒關係，就算是我說謊，告訴老師你們都在彩排也沒關係……，說到後來，幾乎劍拔弩張，我鐵了心非得回教室上課不可，無論你們要不要回去，無論你們是不是覺得我死板死讀書愛討好老師，無論你們是不是從此之後一起排擠我。

眾人眼看沒有商量的餘地，忿忿難解，我們才走了兩步路，卻遇到其中一位社團指導老師。同學立刻向她大吐苦水，抱怨我如何如何不顧人情又不知權變，我天真地以為，有個師長出來調停分析道理也好。卻沒想到她竟然笑一笑對我說：少數服從多數，你就少上一堂課吧。

「反正才一堂課嘛……。」

大夥一陣「對嘛」「就說嘛」，像是得到了聖旨一樣。而我根本是五雷轟頂，形同被綁架軟禁在社團，大夥在後臺閒聊，我則是百般委屈地一個人坐在角落發呆。我一方面埋怨老師討好學生的態度，一方面又不斷揣想國文課的情況：曹操怎麼了？楊修怎麼了？到底這則故事有什麼問題，老師到底說了些甚麼？

下課鈴響回到教室，我抓著幾個朋友拚命追問，可是，又有誰會這麼專心聽蕭老師的國文課呢？

＊

高三準備聯考時，同學曾在學校遇到老師，閒聊了幾句，話題卻轉到了我身上。同學告訴老師我似乎非常執意要念中文系。「那老師怎麼說？」我依然急切地想知道老師的想法。只見得同學模仿老師做出再熟悉不過的動作了，擺擺手搖搖頭，「唉……」的一聲長嘆。同學看我沒什麼反應，還認真解讀了起來，「大概就是對你很不以為然吧？」

十多年前的往事了。蕭老師沒多久就退休，後來也就沒有他的消息了。如今我也讀了中文系、讀了研究所，也上臺成為了國文老師。雖然我沒有濃濃厚厚蒼白的鄉音，但上課也總喜歡指出課本或參考書的問題，就像蕭老師那樣預告「這課很有問題」。不知道學生是不是對這些問題也感興趣？每當講到〈桃花源記〉就想到當初被老師問得啞口無言的場景，上到〈絕妙好辭〉，也依舊好奇那堂錯過的國文課。

當時，我怎麼沒有直接去請教老師呢？我卻一點也不記得了。也許，我知道老師已經否定了我，所以我多少有點退怯吧。或是，當時我因被那些同儕團團圍住的行為氣憤到無心思索了吧。但冷靜想想，那時縱使是想要知道蕭老師的見解，但錯過畢竟就是錯過了。

如同廣告之後，節目會解釋陶瓷師傅摔破瓷器的理由，但當時轉了臺、關掉電視，錯過了；而蕭老師的那堂國文課，與當年的那個滿懷期待上課的我，錯身而過，就永遠錯過了。

——發表於《中華日報・副刊》，二〇一一年十一月二十二日

要文學06　PG1100

要有光 FIAT LUX

彳亍
——陳伯軒散文集

作　　者	陳伯軒
責任編輯	廖妘甄
圖文排版	詹凱倫
封面設計	王嵩賀

出版策劃	要有光
製作發行	秀威資訊科技股份有限公司 114 台北市內湖區瑞光路76巷65號1樓 電話：+886-2-2796-3638　傳真：+886-2-2796-1377 服務信箱：service@showwe.com.tw http://www.showwe.com.tw
郵政劃撥	19563868　戶名：秀威資訊科技股份有限公司
展售門市	國家書店【松江門市】 104 台北市中山區松江路209號1樓 電話：+886-2-2518-0207　傳真：+886-2-2518-0778
網路訂購	秀威網路書店：http://www.bodbooks.com.tw 國家網路書店：http://www.govbooks.com.tw
法律顧問	毛國樑　律師
總 經 銷	易可數位行銷股份有限公司 地址：231新北市新店區寶橋路235巷6弄3號5樓 電話：+886-2-8911-0825　傳真：+886-2-8911-0801 e-mail：book-info@ecorebooks.com 易可部落格：http://ecorebooks.pixnet.net/blog

出版日期	2014年3月　BOD一版
定　　價	290元

國家圖書館出版品預行編目

彳亍——陳伯軒散文集 / 陳伯軒著. -- 一版. -- 臺北
市 : 要有光, 2014. 03
面；　公分. -- (要文學 ; PG1100)
BOD版
ISBN 978-986-99057-9-4 (平裝)

855　　　　103001920

讀者回函卡

感謝您購買本書，為提升服務品質，請填妥以下資料，將讀者回函卡直接寄回或傳真本公司，收到您的寶貴意見後，我們會收藏記錄及檢討，謝謝！

如您需要了解本公司最新出版書目、購書優惠或企劃活動，歡迎您上網查詢或下載相關資料：http:// www.showwe.com.tw

您購買的書名：________________________________

出生日期：________年________月________日

學歷：□高中（含）以下　□大專　□研究所（含）以上

職業：□製造業　□金融業　□資訊業　□軍警　□傳播業　□自由業

□服務業　□公務員　□教職　□學生　□家管　□其它_____

購書地點：□網路書店　□實體書店　□書展　□郵購　□贈閱　□其他

您從何得知本書的消息？

□網路書店　□實體書店　□網路搜尋　□電子報　□書訊　□雜誌

□傳播媒體　□親友推薦　□網站推薦　□部落格　□其他__________

您對本書的評價：（請填代號　1.非常滿意　2.滿意　3.尚可　4.再改進）

封面設計____　版面編排____　內容____　文／譯筆____　價格____

讀完書後您覺得：

□很有收穫　□有收穫　□收穫不多　□沒收穫

對我們的建議：________________________________

____

____

____

請貼
郵票

11466
台北市內湖區瑞光路 76 巷 65 號 1 樓
秀威資訊科技股份有限公司 收
BOD 數位出版事業部

（請沿線對折寄回，謝謝！）

姓　名：__________ 年齡：______ 性別：□女 □男

郵遞區號：□□□□□

地　址：______________________________

聯絡電話：（日）__________（夜）__________

E-mail：______________________________